光と闇の相剋

世界を巡る生命の旅
―ツインレイと聖女たち―

髙嶋郷二
TAKASHIMA GOUJI

幻冬舎 MC

光と闇の相剋

世界を巡る生命の旅——ツインレイと聖女たち

これまでのあらすじ

英良《ひでよし》はタクシーの運転手として平凡な毎日を過ごしていた。しかしある日、鏑木《てきぎ》という闇を操る女から毘沙門天と広目天の二仏が刺客として送られてくる。英良は授かった光の力でこの二仏を闇から解放し、二仏は僕《しもべ》として英良に従えることになる。二仏は英良に纏いつく闇を掃討するために地獄を巡るが、地獄界で様々な光と闇に邂逅し主《あるじ》の英良が闇につけ狙われる存在であることに気が付く。

その後、英良は亡母が入院していた病院で運命の幼子であるかけると出会うことになる。複雑に絡み合った運命の糸のように英良の周りに神の使いなどが現れ英良に諫言を行う。その中で一人の老人から、英良には言葉で人を救う力があることを知らされる。その力で幼子（かける）を救うよう神の使いから力の開眼を促されるが時間ばかりが過ぎていくのであった。

主な登場人物

峠原《とうげはら》英良《ひでよし》（主人公）……タクシー運転手。光神エリーナ・モーセから四皇神官の称号を与えられる。

霧生《きりゅう》美咲《みさき》（主人公）……プロのバーレスクダンサー。五人の聖女の一人。転生を繰り返し英良の魂を追う。

峠原英良（霧生美咲）に与《くみ》する者

先言《せんごん》……かつては闇に与していたが英良と美咲を先読みの力で導いていく。

エリーナ・モーセ……光神の一柱。英良を極東から見出す。

ジェシカ……エリーナ・モーセの使い。

美姫……観音様（観世音菩薩）の使い。五人の聖女の一人。

優里……エリーナ・モーセとシンクロする五人の聖女の一人。
エボシ……宇迦之御魂神《うかのみたまのかみ》の使い。
イドリシ僧……モロッコの僧。
イヴ……フランス在住の四皇神官。
ヨーコ……イヴの子弟。
エヴァ……インド在住の四皇神官。五人の聖女の一人。
サライ……エヴァの家に仕える神官。
ガネーシャ……象の神。
ジェームス……豪州在住の四皇神官。意識体を光化する力を持つ。
スワジランドの光の子……美咲と先言の水先案内をする老人。
エリーザ……美咲を助けるルーマニア人女性。
アダムス博士……コンゴの奥地に住むモケーレ・ムベンベの研究の第一人者。

ターニャ……アダムス博士の旧友。

モケーレ・ムベンベ……コンゴに棲む未確認生物。

毘沙門天……四天王。英良の護り仏。

広目天……四天王。英良の護り仏。

ユタ……英良に仕える水の精霊。

ギギ……英良に仕える火の精霊。

峠原英良（霧生美咲）と対峙する者

鏑木《てきぎ》……闇の使い手。

死嶽魔神《しごくまじん》……鏑木が操る闇。

カオス……闇神。十の闇神の一柱（ソロモン七十二柱の一柱）。美咲に闇を植え付ける。

アラマンダ……蛇の悪魔（ソロモン七十二柱の一柱）。

ラミア……アルプスに棲む未確認生物。

かける……八歳の男児。幼子とも呼ばれる。不治の難病で長期入院中であるが治療の甲斐なく幼い命を終え英良の前に闇の帝王として立ちはだかる。

その他の者

オーディン……光神。

ヴァーリー……オーディンの息子。

ユーラテ……バルト海に棲む女神。

大精霊……精霊の頂点に立つ。

目次

序章　新たな預言

英良の章（一）　振出し

英良は仕事から帰った後ビールのロング缶を二本とハイボールを二杯飲んだ。その後は仕事の疲れから睡魔が襲ってくる。英良は暫く椅子に座って背もたれに頭を預けていた。英良はうたた寝すると、首が後ろへ向く癖がある。この時も後頭部が背もたれの上にきた。自分の意識体だけが肉体を離れて浮遊している説明のつかない状況が今ここで起きてきている。夢の中を闊歩したと思った後に理由もつかない筋肉痛や精神的な疲労感。極度の緊張から解放された時の安堵感が起床後に英良を襲うのは現実であり夢と思われた事象は全て意識と連動した英良自身の体験であり事実だということを認識せざるを得ない。英良はふと目覚めた。時計の針は午前二時二十五分、冷蔵庫からミネラルウォーターのペットボトルを取り出し飲んだ。一度深く深呼吸し、布団に入った。身体が深い淵の中へ沈み込んで行く。また悪夢でも見るのではないかと嫌な感じがした。英良を蹂躙するような遥か遠い古《いにしえ》の記憶や宿命が悪夢のように過っていくようだ。誰かが語り掛けて来る。遥か古から英良の魂の記憶に膠着してきたあの声が響いてくる。

「エリーナ・モーセだ。極東の光の子よ。世界中から悲痛な声が聞こえて来る。苦しみ嘆き今まさに生命を終えようとする者達の声が聞こえて来る。光の子よ今おまえがなぜ生かされているのか。その真意を教えよう。優里を覚えているか。この娘は聖なる五人の聖女の一人だ。それに美姫と美咲も同じだ。運命の螺旋はおまえの力に寄ってくる。インドに住むエヴァ。この若い娘も聖なる五人の聖女だ。残るは月読みの使徒と名乗る者がおまえの元へやって来る。この五人に子を授けるのだ。光の子は人の心を蝕む闇を止めるだろう。全てはおまえの複雑に絡んだ運命の糸の端。それを解きほぐしおまえのやることを理解しろ。力ある人間よ。おまえの宿命を忘れるな。欲深き人間はこの星の命運を変えてしまうだろう。おまえの子が世界に蔓延した闇の力を穿ち堰き止める。今こそおまえと五人の聖女の力が必要だ。こうしている間にもおまえの心の隙に入り込もうとする闇は人間の姿に変え欲を掻き立てる。今こそ判断を誤るな。おまえと聖なる五人の聖女に光を与えよう。シャローム」エリーナの声が遠くなる。身体が不安定に浮いているようだ。

心臓の鼓動が聞こえ頭痛がしてくる。脳へと繋がる動脈に血が流れ鼓動が脳天を貫いていく。起きているのか眠っているのか分からない。そんな状態で英良はまた別の夢に落ちていく。以前も見た、エボシの夢だ。

「英良様。これから現れる幼子に対しては時間を惜しむことなく言霊を掛けていただきたいので御座います。私も宇迦之御魂神の使いとして英良様にお会いできましたが、長い時間人界にいることができません。この場を離れる時が刻一刻と迫ってきています。もう一刻ほどで私の身体は英良様の肉眼では捉えることができなくなるでしょう。今一度申し上げます。力の開眼をお急ぎ下さい。そして、多くの言霊を幼子に掛けて下さい。時間を惜しむことなく怠惰に流されることなく、幼子をお助け下さい英良様」夢の中でエボシの夢を見た。相変わらず行司の容姿だった。

「英良様が持ちたる力は、他者を救うかまたは葬る力に御座います。しかしながら自らへ行使することはかないません。英良様も過去に経験があるかと思いますが、言葉で他者を助けることを施行する力のこと。された覚えはありませんか？」と言われた英良は心臓の鼓動がひときわ強くなり目が覚めた。時計の針を見ると午前三時。眼が冴えていたがほどなく深い眠りに就いた。

「お兄ちゃん。くるしいの、たすけて。お兄ちゃん。最近、毎日血が出るの。すごく頭も痛いよ。お兄ちゃん、ぼくおかしいのかな？　いなくなっちゃうのかな？」かけるの声が聞こえた。

「お兄ちゃん。ぼくもう検査いやだよ。もう終わりにしたい。だけどそれは怒られるんだ。ぼくは我が儘なのかな？　お兄ちゃん」とかけるは続ける。

「水族館でくさふぐ見たいな。くさふぐのお目々可愛いんだよ。お兄ちゃんくさふぐ好きかな？　お兄ちゃんぼくね、水族館ちゃんと連れて行くよ。お兄ちゃん水族館でぼくお魚一杯教えるしたら、良いかな？」

英良はかけるの夢を見た。それは微かに嫌な予感だった。

かつての毘沙門天の諫言が頭をよぎり鈍い頭痛がしてくる。

「この幼子の周りには不穏な気配を感じます英良様」

「不穏？　悪意と言うことか毘沙門天殿」

「御意、それも西洋の悪意や巨大な悪魔の影がちらついております英良様。もう猶予がありませぬな」

「魔の手がかける君に迫っているのか」英良は言葉を選び「かける君はもう亡くなるということか？」

「否、それは英良様の意志次第に御座います」

「意志次第とは？」英良は詳しく求める。

「英良様は刻をかけ過ぎに御座います。人界でいう時間を多く過ごしているので御座います。英良様は事態を先送りした結果、事を悪くしているので御座いませぬか？」毘沙門天は続ける。「幼子を救うのも魔の手に落とすことも、英良様の今の意志次第で御座いますぞ。手遅れにならないうちに幼子をお救い下され英良様」

嫌な記憶を振り払うように、英良は布団をかぶり寝返りをうちそのまま深い眠りに就いた。


翌朝は非番で午前八時に英良は起床した。コーヒーを飲みながら何も考えずにぼんやりしている。休みの日はいつもこのように過ごす。今日は本を読み一日を過ごすことにした。仕事も何もない日、雑事から逃れ浮世から隔絶された自分だけの空間に居ることが至福の時だと英良は思う。朝だというのに気のせいか薄暮のように感じる。午前中は久しぶりに本屋へ行き新刊コーナーを見て回った。この日は一冊の単行本を買い帰宅し少し読んでいると睡魔に襲われいつの間にかソファーの背もたれに頭をのせうとうとした時だった。何かの気配と視線などを感じ視線の方を見ると英良の護り仏である毘沙門天が傍に佇んでいた。英良は睡魔に打ち勝てずに夢見心地で毘沙門天を見ていた。

「英良様」毘沙門天が声を掛けた。

英良が驚いた表情で見ていると、「我の言葉が届きますか?」毘沙門天は続けて言う。

聞こえる、と英良は答えると毘沙門天は軽く頷いたように見えた。

「英良様、幼子のことはお忘れでは御座いませんか?」毘沙門天は英良の現在の心中を見逃さず諫言した。

忘れてはいない、と英良は答えた。

「左様に御座いますか。それでは今の幼子のことをご報告申し上げます」

英良は頷く。

「幼子は闇の手に落ち、一度黄泉の国へ渡ったので御座います。人界でいう今際《いまわ》の際《きわ》で御座います。閻魔が支配する異界でも御座います。一度、黄泉の国へ渡った魂を人界へ戻すことは禁忌に御座いましたが結論から申し上げます英良様。幼子は英良様もご存じのとあるご老人の力により人界へと救い出されたので御座います。この闇の力は今まで見たことがない新手の者で御座いました。幼子を自分達の闇の王と称しており執拗かつ用意周到、幼子にとり憑いておりました。


貴族の世、平安京の街中のことで御座いました。当時の都で人心が荒廃し懐疑的な感情に覆われた人の心は、自らの思念や想念から在りえないものを作り出したので御座います英良様。それが鵺《ぬえ》に御座います。不思議なことに人の心は恐れや疑心から現世に心の闇を投影するので御座います。それを具現化したものが六の敵意！　封印を解かれた最悪なる敵意！　大天狗の襲堕《かだ》、鬼頭領《おにとうりょう》の朱隗《しゅかい》、九尾《きゅうび》の妖狐、修羅の土蜘蛛、最凶の鵺それに伝説の大蛇。ここ地獄の下層にそれらがいるということは、いずれ歪《ひずみ》から人界へ這い出てくる悪しき状態は必至かと思われます。地獄は謂わば、人間の思念、想念の世界。人心が作り出した敵意や悪意が蠢いていることも事実。平安京の街には人間が自ら作り出した人界には存在しないもの、鵺は人間が想念の力が結集し人界へ這い出た在りえないものに御座います。全てが人の負の感情の連鎖から繋がり大きな災いを引き起こすので御座います。元々、そこに存在しなかったものを人の心は自ら作り出しているので御座います英良様。それは人間が自ら持ちえる因果律といえます。善と悪という容易《たやす》い様相ではありませぬ英良様。悪循環の中で流れに翻弄されている一枚の葉にすぎませぬ。英良様の身の回りにも不穏な空気が漂っておりますが、心の隙を見せないよう用心してくだされ。我も岩場に身を隠しておりますが、必要とあればご助力をお願いいいたす」毘沙門天はそう言うと姿を消した。

次の日、英良は仕事中に二度交通規制にあった。一度目は、街中の電気工事で片側交互通行のために通過した時は既に二十分を要していた。二度目は、踏切の白線を引く作業にぶつかり通過するのに十五分かかった。同じような出来事が偶然重なることは度々あったが、この日は気持ちに何か重い払拭できないものを感じ早退して帰宅した。

エボシや毘沙門天の言葉を思い出し、かけるのことが気になった英良は自転車で病院まで見舞いに行った。院内は相変わらず消毒剤と薬品の交じり合った独特な臭いで充満している。時刻は午後二時を回っていた。待合室は閑散として窓口は一か所しか開いていない。何人かの看護師がバインダーを持って待合室を横切って行く。受付まで行くと午後だったため閉まっていたので新患受付で用件を告げた。対応してくれた女性職員は二十代前半の若い職員で名前を渋澤さんといい、小柄で美人なほうで、茶髪を後ろで束ね化粧は薄くよく声の通る職員だった。その職員は事務所の奥の方へ行き、二、三分で戻ってきて英良に言った。

「入院病棟の五〇一号室の松本かけるさんでしたね？」

「そうです。会えますか？」

「松本さんはお亡くなりになりました」と渋澤さんが答えた。

「えっ？」英良は思わず絶句した。かけるは死んだ。分かりましたと一言いい、渋澤さんはそそくさと奥の方へ行ってしまった。英良は病院を後にして帰るしかなかった。英良は暫く呆然自失として黙って振り返り後ろを見ていた。何も考えられず何も浮かばず思考が凍りついたように身体全体が固まったようだ。そのような状態が長く続いた。信号機から流れる青のシグナルに変わった音楽が流れ、気を取り直し自転車を押し歩を進めた。すれ違う人達は赤の他人のことには興味を示すはずもない。人はそれぞれの運命の元時間を過ごしていく。英良に何が起きてもそれは巨大な現実の泡の中に吸い込まれ無数に起きた出来事の中のたった一つのものとして記憶されるか無意味なものとして忘れ去られるかだ。英良は気持ちを落ち着けた。かけるの笑顔と今まで交わした言葉を一つ一つ思い出した。かけるとの出会いは俺の人生の中で一体何だったのだろう？　俺はかけるに何をしてあげられたのか？　俺の存在は何だったのか？　一縷の悔恨に自問自答して帰途についた。

翌日、英良は非番の日だったので神社へ行った。何かヒントみたいなものを期待して鳥居の前に立っていた。時々、近くを車が通り抜けて行き運転手の視線を感じる。黙って時を過ごすことは苦痛ではないが、人の刺すような視線は苦手だった。二、三十分経った時、真っ白い一匹の尻尾の長い猫が現れた。その猫は「にゃー」、と鳴いたようだ。鳴き声は聞こえなかったが、英良に口を開けて何か意志を伝えた。英良には付いてこい、と指示を出したように感じたので猫の後を付いて行った。英良が見慣れた境内までの石畳を歩いて行くと猫は祠《ほこら》の左側に回り込み草藪の中へ入って行った。背の高い虎杖《いたどり》が密生しており、それをかき分けながら歩いて行く。長く白い尻尾が上に伸び、尾先が不規則に上下左右に僅かに揺れている。猫は一定の距離を保ち英良から離れない。時々、立ち止まり距離を詰めているようにも感じた。周りの空気が違ってきたように感じる。遠くに煙が立ち上っている。松明のように見える。煙は一軒の小屋のようなところから出ていた。周りの景色は現代の風景には見えない。英良の足元にはあの白い猫がいた。「お入りください」と猫が言ったように聞こえた。戸は古い戸襖のようで英良は左側に開いた。部屋は八畳ほどあった。戸を閉め靴を脱ぎ中へ入ると白い猫は何処にもいなかった。部屋の中央にはストーブが置いてあり煙突が巡らされていた。お兄ちゃん、とふと誰かが声を掛けた。その声には聞き覚えがあった。かけるだ！　英良は部屋を見渡した。入り口から見ると両側に窓が見え、左側の窓から入って来る光に重なって一人の少年が立っていた。年の頃は八歳くらいでかけると同じくらいだ。

「かける君かい？」英良は聞いた。

「ちょっと違うよ、お兄ちゃん」とその少年が言うと暫く二人とも何も喋らず沈黙が続いた。

「どうしたんだい？」英良は聞いた。

「僕はね、もう死んじゃったの。それでね、何かに姿を変えないとお兄ちゃんとは話ができないの。それでね、猫になってお兄ちゃんをここまで連れて来たの」

英良は黙って聞いていた。

「今はちょうど七日目だからまだここに居られるの。それも今日までだね。今日が最後の日だから。それで、何としてもお兄ちゃんに会って、お話ししなければいけないないなって思ったの。だけど、もう死んでいるからこれしか方法がなかったの」

英良は上手く言葉が出ず大きく咳払いした。

「かける君、悪かった。謝らなければならないね」英良は言い終わると、まだ喉に違和感があり、もう一度咳払いした。

「そんなことないよ、お兄ちゃん。僕はむずかしい病気で多分治らなかったと思うよ。お兄ちゃんがいくら頑張っても、僕を助けることはできない、これればかりは無理だよ」かけるが言った後も暫く沈黙が続いた。かけるのような影は実体がなく生気も感じられず、かけるは直接英良の意識に話しかけてきているようだ。

「そうだよお兄ちゃん、僕は直接、お兄ちゃんの思念に話しかけている。人間は魂とか幽体とか似たような言葉で言っているけどね。お兄ちゃんも特別な力を持っているから僕からの言葉を聞くことができるんだ」かけるは英良の考えていることを全て見通しているように話した。その影は時々、英良へ怖れ、警戒心や蟠《わだかま》りなどの相容れない表情を垣間見せる。人見知りをしているのではなく本質的に違う感性を持っているようだ。影武者としてのかけるであるはずが、プリズムを通って屈折させられた光のように何かがそうさせている。

「お兄ちゃん」かけるは問いかけた。

英良はかけるの顔を見た。

「僕には迎えが来たんだ。気持ちの悪い骸骨やら白い光が来て僕を食べてしまうんだ。そして腕を食べたり、足を持っていかれたりしたの。そして不気味な声が聞こえるんだ。

『我らの闇の帝王よ』って言うの。頭が痛くなるほど叫ぶんだ」

再び短い沈黙が続いた。

「その声はそのあと何と言い、かける君はどうした?」英良は聞いた。

「何も言わないの。ただその繰り返しで毎日が終わるの」

英良はふと我に返った。もう過ぎたこと。元には戻れない。かけるが言ったとおり死んでしまったかけるを生き返らすことはできない。何もできない。何もできなかった。それを考えると英良は自分の無力さを感じた。

「何も自分を責めることはないよ、お兄ちゃん」かけるはまた、見通したように言う。「自然の法則なんだよ、お兄ちゃん」とかけるは付け加えた。生を受けたものはいつか朽ち果てる。永遠不滅のものなどないのだ。英良は自分に言い訳をしているのか、大義名分を探していた。

「気にしなくていいよ、お兄ちゃん」かけるは責めずに言う。「これも運命だったからね、僕も運命には逆らえない。大きな渦の流れに乗ると、全てがその流れのとおりに動いて行くからね、誰も何もその流れに逆らうことはできない。むしろそれに逆らう方が不可逆的で不自然なんだよ、お兄ちゃん」

英良は黙っていた。

「僕は病院で治療を行ってきて手術もしてきた。それでも治らなかった。これは稚拙で儚い人間の領分なんだよ、お兄ちゃん。結果は分かっていた。お兄ちゃんが後悔したって元には戻らないよ」かけるの影は揺れている。空中に投影された立体的なマネキン人形のように英良の見る方から後方の窓が身体から透けて見える。言葉が途切れると、かけるの身体はいつ消え去るのか分からないくらいに水面を漂う泡のように感じる。
「僕はもう長くはここに居られない。そろそろ帰る時間が迫っているの。お兄ちゃんが帰ったら、僕も戻るね。何も悔んだり、何も悲しんだりすることはないよ、物事には必ず終わりが来る。僕にはその時がちょうど一週間前のあの日だったんだ。決められていたんだねきっと、お兄ちゃんにも、お兄ちゃんの決められた運命がある。ただそれだけだよ、お兄ちゃん。時間が来たようだね、お別れの時が」そう言うと、消え入りそうなほどかけるの影は薄くなり始めた。英良は気持ちを先行させるように振り返り小屋を後にした。後ろを決して振り向かないで元来た道を戻って行った。

街中に出ると全てが変わったように見える。肌で感じる印象がいつもと違う。暫くの間家を留守にして久しぶりに帰って来た感じがするのは気のせいだろうか。何かが違うように感じる。少し前に身をおいていた時間と空間の狭間に感化され身体が今の世界に馴染めないような違和感を持った。英良はこの世界に馴染むため本屋へ入り店内をぶらりと歩いた。雑誌を手に取り新刊を見て回った。何も買わずにただ時間を潰した。三十分ほどで本屋を出てゆっくりと歩きいつものコンビニに入り缶ビール二本と惣菜を買って帰宅した。

翌日英良は駅前で高齢者の女性客を乗せた。その客は市内の総合病院まで行って欲しいと言った。その病院はかけるが入院していたあの病院だった。

「雨が降らなくて良かったですね。午後からは天気が悪くなりそうですよ」

「そうですか。僕らは雨が降っても車の中ですから雨は気にならないです。それより雨が降ってくれるとお客さんが増えるので、むしろ助かります」

「そうなんですね」

「はい、雨の日には僕はなるべく遠くへ行くお客さんを乗せようと駅前とかデパートの前に停まっています」英良は時々バックミラーをチラ見しながら話した。「突然の雨の日にはお客さんは傘を持っていませんから、帰宅する人はこまりますから。特に最近はゲリラ豪雨がおおいですから、タクシーを使おうとするお客さんを見かけますよ」英良は時々バックミラーを見ながら喋った。

女性客は突然饒舌に英良に何かを説くように語り掛けた。

「人は自分で考えを決めてそれを実行します。間違ったと思ったら、またやり直すものです。完璧な事は何もないものですよ。人間は誰でも間違うものですからね。それを責めたりしてもいけません。責める人は何も分かってはいない。人の失敗を責めることは誰にでもできる。誰にでもあることと誰にでもできること。全ては繋がっています。闇雲に人の失敗を責める人は未熟です。何故かと言うと誰にでも間違いはあって、自らも間違いをおかしている。間違いを正すという大義名分で人を責めているからです。貴方は人の悪口を言わない方のようですね？　お若い方なのに感心しました。でも気を付けてください。貴方のその性格は両方の側面を持っています。それは好かれるが故、全てを受け入れること、貴方の優しさは自分をダメにする両刃の剣。優しいだけでは損をしますよ」年配の女性客が言うと、目的地の病院へ着いた。英良は見慣れた正面入り口へ車を着けた。

「年寄りの話に付き合ってくれて。どうもありがとう」そう言うとその年配の女性客は料金を支払い降車した。最後に『頑張ってください』などの陳腐な励ましの言葉を英良には一切掛けずに病院の正面入り口へ入って行った。英良はそんな心遣いを嬉しく思った。

帰宅後英良はいつものようにビールを一本飲んだ後、睡魔に襲われソファーにもたれてうたた寝をした。夢うつつの中で毘沙門天は言った。

「闇の世界での不穏な動きや幼子を引き込もうとする力は、何やらどこか深いところで繋がっているように思われます。英良様の身の回りで起きる偶然に重なる事象も元を辿れば一つ。悪意は複数あっても根源は同じで御座います。地獄の六の悪意も大きな力が英良様へ放ったこと。それと並行して幼子が何かの力により変貌したということに間違いありませぬ。人界を離れた幼子に英良様は会われましたな？」毘沙門天は言った。

会った、と英良は応える。

「人界に魂を残している間、幼子は英良様のことを覚えているでしょう。しかし、人間は輪廻転生を繰り返すもの。一度、黄泉の国へ入ると幼子の魂は英良様の記憶を失い、別の人間へと魂が移り別人へと成り代わるので御座います。それはもはや、かつての幼子では御座いませぬ。もし、今幼子が悪意に取り込まれ英良様に近づいてきたら、大きな禍根を残す敵意になることは必至。現にその兆しが現れ始めているので御座います。気が付かれましたか？」

知らない、と英良は答えた。少し前、（亡くなって、かけるからの誘《いざな》いで）かけるに会ったが、特段変わったことは感じなかった、と答える。

「左様で御座いましたか。分かりました。現状を鑑みますと幼子は悪意の中にいると申し上げてよいでしょう英良様。我が集めた神々からの情報によると幼子は既にかなり強大な力を持っているようで御座います。その神々の一人、付喪神《つくもがみ》が既に幼子の動きに警戒しております。幼子の強大な力は自然界に対しても干渉するほどの強い力、予測できない、説明もつかない偶発的な自然現象は幼子の力の干渉とお考えくだされ。幼子に対する慈悲や慈愛はもう不要かと存じます。英良様の他者に対する慈しみは自分を後退させる心の短所かと思われますぞ！　改心が叶わない者、特に大きな悪意に対しては斬り捨てる所存で対応してくだされ！　それをお願いいたす英良様」

分かった、と英良は答えその心づもりで対応することも伝えた後、毘沙門天は英良の視界から消えていった。

英良は深い眠りに就いた。何かに捕らわれ下方へ吸い込まれていくようだ。気分が悪い。身体全体が押しつぶされるようで息が苦しい。一筋の霞か煙草の煙のようなものが部屋の中に入ってきた。良くないものであることは瞬間的に分かった。その白いものは横へ真っすぐ伸びていき、上へ昇っていくと天井辺りで曲がり円を描くように形を変えようとする。始めは丸い円形だったものが形を整え具現化してきた。人だ、と英良は認識した。幽霊だとしたら？　英良は生まれて初めて幽霊と遭遇する。その人型は段々はっきりと形を現した。小さな男の子のようだ。その子は英良に話しかけた。

「また会ったね、光の子よ？」

「かける君かい？」

「違うよお兄ちゃん。かけるという子はもう死んだんだよ。僕はもうかけるじゃないよ」

かけるはそう言うと不敵に笑った。

「じゃあ、いったい誰なんだい？　君はどこの誰でここへ何しに来たのかな？」

「よく聞いてくれたね、光の子よ。僕は闇の帝王。闇の頂点に君臨しその闇を統《す》べるもの。光を全て飲み込み、世界を闇で覆う」言葉の一言が殺気を帯びてくる。

「くっくっくお兄ちゃん。いや、光ある者よ。僕たちと反対側にいる者よ。お兄ちゃんの力で人間を殺すことに抵抗はないかな？　見てよお兄ちゃん。この男は悪い奴だ。お兄ちゃん、この男の写真を見ながら『死ね』って念じて。そうしたら僕がその思念を具現化してこの男の生命力を奪うよ。やってみてお兄ちゃん。僕は世界を闇で覆い支配するだけだ。人間は勝手に環境を汚し破壊し資源を浪費し都合よく生きてのうのうとしている。それが僕たち悪魔にとって害悪だからね。分かるかい？」かけるが一人の男性の顔を示して言った。

英良は黙っていた。

「人間が勝手に決めた法律に従っている限り自分は正しい人間だと思い込んでいるんだ」

それで？　と英良は内心思う。

「人間には自覚がないこと、それが一番質《たち》が悪いんだ。善人の顔をして人間以外の全ての生物を殺す。それがこういう普通の人間なんだ。分かるかい？　お兄ちゃん。だから殺すよ。ほらもう、そろそろこの男は生命が消えそうだ」

ひどいことするな、と英良は一言反論する。

「我々は真の地球意志。それを人間が悪魔などと呼び、忌み嫌うのは何故か分かるかい？ただ、人間にとって都合が悪いから悪と決めつけているだけなんだ。迷惑な話だろう？我々は地球意志なんだ、分かるかい？」

沈黙が続く。

「その中で人類に肩入れする愚かな連中がいた。その連中は、我々地球意志の間では裏切り者の悪だ。暴走族や暴力団のような存在なんだ。分かるかい？　そういう地球意志に反逆し、人類に肩入れし、自然の破壊などの迷惑行為を助長する悪い連中が人類に何て呼ばれているか分かるかい？　彼らは神と呼ばれているんだよ」

「お兄ちゃん、分かるかい？　正義の反対は悪ではない。正義の反対は違う正義なんだ。広い視野を持ち、相手の立場に立つ視点を持てば分かるだろう。分かるかい？」

「なるほどね、分かるよ。かける君は人類に肩入れして破壊行為を行う者、それを神と言ったね？　それは一部の人間が自分たちにとって都合のいい存在として神と祀ったと思うよ。ここでお兄ちゃんの言い分とかける君の言い分をぶつけても単なる水掛け論になるけどね」

少し静寂の間が続いた。英良は刺激しない言葉を選び話そうとし、かけるは英良の考えを見通そうと探っているようだ。

「正義が全てでないことは分かるよ。正義の名のもとに害悪を流す者もいる。当然のこと。それで人間は長い間戦争と繁栄を続けた。争いと豊かさ、その歴史だった。かける君の言うこともっともだ。お兄ちゃんは否定しない」

「今頃この男は胸を押さえ、顔に脂汗を垂らしながらうずくまって苦しんでいるだろう。お兄ちゃんには分からないかい？　そろそろ死ぬよ。しかし何故自分が殺されるのか分からないだろう。自分は良い人間だと思い込んでいる。最も質の悪い人間だ。こいつらはみんな死ぬべきだ。そうだろう？　お兄ちゃん」かけるは続ける。「僕たちは神を倒さなければいけない。そして神の威光を借りて破壊行為を繰り返す人類の数を減らさなければいけない。人類はこの地球に誕生して以来、我々のことを悪と呼び、恐れ抗ってきた。そしてこれからも将来、争いは避けられないだろう。しかし、僕たちは勝つよ。地球本来の美しい姿に戻す。そのために血が流れるのは仕方がないんだ。それは人類だって同じことをしてきただろう。森林を伐採し、植物を虐げ、自然の中に住む生き物たちの棲み処を奪ってきた。それも私利私欲のためにだ。自らの行いが自らに返って来る因果応報だ。まもなくだ。今まで奪い続けて来た人類が奪われる側に回る。お兄ちゃんは他の人類より賢い。だから分かるだろう。何が悪で何が正しいのか。人類は我々を悪と呼び忌み嫌う。それこそ悪なんだ。正義の反対は別の正義であるとともに悪の反対はまた別の悪なんだ。分かるかい、お兄ちゃん？」

英良はかけるとの出会いから今までのことを回想した。全てが儚く泡沫の出来事のように過ぎていったようだ。自分の無力さと力の限界も感じた。英良は虚無感と一抹の寂寥感に襲われた。気持ちは荒涼とした大地に放り出された感じだ。

英良は見知らぬ町を歩いていた。見知らぬと言うよりも何か記憶の深い部分で関わり合った場所に違いないと、そう思った。何故だか分からない。説明がつかない何か鈍く重苦しい記憶が硬く封印され思い出そうとすればするほど逃げて行く陽炎のようだ。

「英良。待っていました」聞いた声がする。英良は声のする方を見た。ジェシカが佇んでいた。

「今日は貴方に伝えなければならないことがあります」ジェシカは言う。

英良は黙っていた。

「簡単に伝えましょう。これから貴方の下に聖地から召喚する者がいます。分かりますか?」ジェシカは言う。

分からない、と英良は答えた。

「そうでしたね。突然聞かれても分かるはずもないですね。私が悪かった」とジェシカは破顔した。ジェシカの目じりには皺が現れ鼻から口角に向かってほうれい線がはっきりと見えた。そう言えばジェシカは何歳なのだろう。背が高く美人な方だったが年齢は詳しく分からなかった。

「私の歳が気になっているのかしら? もう五十よ」そうジェシカは屈託なく話した。

それを聞いて英良は驚いた。

「とかく日本人は歳を気にするものなのね。それを聞いてどうしようというのでしょうね」ジェシカは半ば呆れたように言った。「それはともかく、大事なことを言いましょう。先ほども言ったように貴方に付かせる精霊を聖地から召喚します。いいですか英良」ジェシカの言葉には力がこもっていた。その気迫に英良は押されて言葉を返せなかった。「しかし全ては貴方の意志次第です。本気で光ある精霊を従え貴方が彼らを使い切らなければ気持ちは伝わりません。彼らも貴方の強い指導力の下働くのですから。分かりますね。貴方が本気を出さなければ彼らも本当の力を出せません。分かりますね英良」ジェシカは続けた。

「聖地から召喚する精霊は水の精霊と火の精霊。水の精霊は生命の雨を降らせ貴方に従順な存在となるでしょう。名をユタと言います。それに火の精霊は古より数々の悪魔や闇を淘汰した精霊で名をギギと言います。こちらは少し気難しいかもしれません。プライドが高く人間を信用しない性格ですので気を付けなさい。でも安心なさい。貴方の力を認めたらユタ同様に従い貴方を守るでしょう。いいですね英良。これから聖地へ向かい光を放つのです。光が溜まり次第二人の精霊は貴方の元へ来るでしょう。さあ始めなさい英良」ジェシカは指示した。英良はどうしたらいいのか分からずただ祈った。ただ黙とうした。

「いいでしょう。それです。上手くいくでしょう。数日の間待ちなさい。たぶんユタから声が掛かるでしょう。貴方に平和がありますように。シャローム」そうジェシカは言った。英良の意識はまだ深い淵の中にいるようだ。周りは暗い。陽の光が当たらない薄暗い町のようだ。早く抜け出したかった。身体が軽くなってきた。眼を開けると自分の部屋だった。まだあの深い淵の中にいる感触が抜けなかった。なぜだか疲労を感じる。時計の針は午前五時を指していた。良かったまだ寝られる。そう思うと再び睡魔が襲って来た。

何もない日が続く。こんな日が永久に続けばいいと英良は仕事を終えいつも通り帰宅した。風呂から上がり冷蔵庫にあった人参やピーマンそれに玉ねぎを切り豚肉を細かく切って野菜炒めを作りビールを飲みながら何も考えずに時間を過ごした。今日も一日何もなく過ぎようとしていた。床に入ったのは午後十一時。今日もその日のうちに寝ることができた、とそう呟くと一度小さく深呼吸をした。

どれくらい時間が過ぎたのか分からなかった。突然英良は脳の前の方に痺れを感じ目を覚ましたが眼が開かない。開かないと言うより眼も痺れて開けられなかった。やばい、そう英良は思うと何かが聞こえてきた。

「私はギギ。聖地から召喚された火の精霊だ。極東へ行きある人間に仕えるようジェシカ様から言われてきた。しかし私は人間という奴が嫌いだ。その嫌いな人間に仕えることは自分ではなくなるからだ。ジェシカ様が言われたからにはかなりの力を持つ人間なのだろう。少し試させてもらうぞ極東の人間とやらの力を」そう言うと英良の脳の痺れは強くなってきた。

「南無妙法蓮華経」と英良はとっさに唱えた。脳の痺れは止まらない。眼も開けられない。もしここで眼を開けたのなら何が眼の前にいるのだろうか。開かないほうがいいのかもしれない。いや開かないでおこうとすら思った。

「私は過去数千年多くの闇や悪意ある人間と対峙しそれらを退けてきた。この力に耐えきれない者に私は仕えることはできない」英良の脳内に声が響く。

「南無妙法蓮華経、南無妙法蓮華経」英良は唱え続けた。一分ほど経ち痺れはなくなってきた。

　英良は五感を集中させギギの気配を捉えようとしたが何も感じない。突然、ギギの気配が消えてしまった。なおも英良は神経を集中させギギの気配を追う。遥か遠くから救急車両のサイレンの音が聞こえる。普段では拾えない遠くの音が感覚の中へ入ってきた。英良の五感は既に精錬された鉄のようになっていた。もう痺れは何処にも感じない。英良を襲った何か他の力は払拭されたというより最初から抗えないものと思い全てを無に帰すように無くなった。多くを語らないギギは全てを認めたように突然消えた。それが英良に仕えるという意志だったようだ。

「英良様」と誰かが呼んだ。男か女か分からないような不思議な声が聞こえる。ギギの声とは違う。何か落ち着きと安らぎを感じさせる声だった。

「私はユタ。聖地からジェシカ様に呼ばれて極東の地へと召喚された水の精霊です。私の声が届きますか英良様」ユタは言った。

何も見えない。何も捉えることができなかった。ただ不思議なことに暗闇の中は暖かい。何だろうこの気持ちは。そう思っていると一本の水色の光が射してきた。その光は生きているように動き、それは懸命に姿を整えているようだ。程なくするとその光は人影のように形を変えてきた。

「英良様。私の姿が見えますか？」ユタは訊ねた。

見える、と英良は呟いた。

「私はいつも水蒸気となって空中を漂っています。今はちょうど英良様の真上にいますがお分かりになりますか。私は水の精霊で主な力は生命の雨を降らせることです。聖地から召喚された理由も英良様に仕え守ること。これからも何か気が付いたことがあれば英良様にお伝えしましょう。今もささやかながら生命の雨を注いでいます。それでは何かありましたらお呼びください。英良様はもうお休みください。私はこれで」ユタはそう言うと元の水色の光の筋となり暗闇の中へ消えていった。

英良は目覚めた。時計の針を見ると午前六時十分前だった。久しぶりによく寝られ疲れが微塵もなく身体中が軽く感じたことに気が付いた。

第一部

生命の旅

第一章　生命の火が消えるまであと百八日

美咲の章（一）　宿命の邂逅

　時計の針は午前四時を指していた。英良は布団をかぶり寝返りをうつとすぐに意識は暗闇の中へ吸い込まれ深い眠りに就いた。何もない荒涼とした暗闇の中に一人の老人が佇んでいる。頭髪が無く白い顎ひげを二十センチくらいのばし白いローブを身にまとい杖をついたまるで仙人のような小柄な老人と遭遇した。

「主《あるじ》よ、私は先言《せんごん》という。間もなく美咲に大きな力が覆いかぶさる。それは大きな闇。これまでその力は美咲を監視し拒み続けてきた。この後は力による対峙となりその後には新たに対話による力が必要となる。その時は主の言葉の力が必要となる。良いか主よ、できるだけ多くの力を美咲へ放て。良いな主よ。主の力が美咲を救うことを忘れるな」先言と名乗る老人は唐突に英良へ告げた。

ニューヨーク・タイムズ・スクウェア。大通りは、大勢の人で混雑している。街中はニューヨーク名物のイエローキャブが走り、見上げれば摩天楼の高層ビル群が雄々《おお》しく建ち並ぶ。一台のキャデラックが排気ガスを巻き上げながら走っていく。車のエンジン音やタイヤが路面を掴み疾駆していく独特な音、クラクションも車種が違うとそれぞれの音がする。ニューヨークの街は人間が作り出した機械音で溢れている。その喧噪の真ん中を自転車に乗りヘルメットをかぶった青年が人の間隔を縫うように走って行く。七、八歳の女の子の手を引いた三十代の母親がショッピングモールから出てきてイエローキャブに乗り込んでいった。建物が建ち並ぶその一角の雑居ビル内にバレエスタジオがある。スタジオ内は、メインストリートに面して窓があり、残りの三つの壁面には大鏡が貼り付けられている。広さは六十畳ほど。二十人ほどのプロダンサーが練習している。人種のるつぼニューヨーク。ダンサーも白人、黒人、黄色人種等様々だった。その中に、レオタードを着て巧みな身体捌きで、性的な魅力を表現している一人の日本人ダンサーがいた。名前は霧生美咲《きりゅうみさき》。腕と足の動きのバランスが良く、クラシックバレエの要素も取り入れた動きと調和のとれた構成で見るものを惹きつけるパフォーマンス力を持っている。他の数人のダンサーも美咲のダンスに注目していた。練習も一段落し、美咲は数人のダンサーと談笑している。

「ねえ？　美咲。練習も終わったことだし、私達に少し付き合わない？　それとも何か予定でも入っている？」リサがミネラルウォーターのボトルを持ちながら聞いた。

美咲は薄すら汗をかいた表情でリサを見た。

「一緒に食事にでも行く？　もう最後だから、無理強いはしないけど」リサが誘う。

用事があるから、と美咲は断った。

「そう。私はこれからリバー・カフェでマンハッタンを一望しながらディナーとしようかしら」リサがミネラルウォーターをしまいながら言う。

「その後は、反りあがった硬いマッタケを両手で掴みそれを口に含んで食らうってことね？」誰かがそう言うと笑う声が聞こえてきた。

美咲は行きつけの日本食のレストランへ行き夕食を済ませ、グロッサリーストアーで簡単に買い物を済ませるとそのまま自宅のアパートへ帰宅した。

二〇〇九年五月一日。彼女は初めて母国へ向かうためスーツケースに衣装を詰めている。当分の間、日本でバーレスクダンスの興業をするため、明日の夕方の便でニューヨークを発つ予定だ。彼女は生まれながらに両親が分からず孤児院で育った。

ニューヨーク州のオンタリオ湖に面したロチェスター市の郊外にその孤児院はあった。遠い記憶を思い起こすともの心ついたころには既に孤児院にいた。孤児院に預けられた経緯は当然ながら分からない。日本人であり日本語を喋るが、今ではネイティブと同じように英語で会話している。

美咲は孤独だったが何かが自分を引き付ける感じがしてならない。それも極東。日本から。

美咲は上手くなりたい一心でダンスに集中した。日々の大半の時間を練習に費やした。ハイスクールに通い始めた時、美咲のパフォーマンスを見たあるプロモーターがプロダンサーになる話を持ち掛けた。美咲も断る理由もなく契約した。プロになった後は美咲の力量も上がった。世界をダンスの興業で渡航した彼女だったが、今回日本行きのチャンスが巡ってきたので、上機嫌だった。美咲は何か予感めいたものを抱いた。何か本能のように自分に宿命があるのならそれに逆らうことなく清流の上を漕いでいく一艘のボートに乗っているようだと。一度乗ったら降りられない。流れに乗ったら引き返せない。何かの力に引き寄せられるように日本へ行こうとしている。決して回らない運命の石臼が今、自分の手の力で動いたかのようだ。微動だにしない石臼がガリガリと音を立て美咲の力で動いて行く。一人の行動ではなく何千年も前から組み込まれた定めのように極東の地へ向かわなければならないと美咲は感じた。誰かが自分を待っている。何かが待ち構えている。全てを受け入れ、乗り越えなければならないものもある。打ち勝たなければならない。それを超えなければ自分を待つ人には会えないことも本能的に分かっていた。まずは日本へ急ごう。日本の地に立って考えよう。美咲は自分に言い聞かせた。ニューヨークでの最後の夜、美咲は不思議な夢をみた。

美咲は真っ暗闇の中に一人佇んでいた。何も見えず何も聞こえない。自分が今、いったいどこに立っているのか空間の把握ができない。その暗闇に突然小さな光の珠が現れた。それは段々大きさを増し、バレーボール大になり中心部から光の筋を数十本放ちだすと直径が五メートルほどの光の珠になった。

「私はエリーナ・モーセだ。聖なる女よ、私の声を聞くこと可能とするか？　世界中に闇が蔓延する今、おまえが今、成すべく宿命を捉えよ。良いか。世界中には多くの欲望が蔓延している。おまえの力で闇の手からこの世界を救うのだ。おまえには、遥か古より魂の共鳴を持つ一人の光の子がいる。その者と会うのだ。その者はかつては古代の王国の王であり、おまえはその妻であった。おまえ達は何度も転生を繰り返し、現世へと降り立った。しかし、おまえ達の光の力を嗅ぎ付けて悪魔がおまえたちの接近を阻もうとするだろう。良いか聖なる女よ。崇高な光の意志を持て。心に隙あれば闇はおまえとの接触を図るだろう。良いな。判断を誤るな。極東へ走り光の子と会うのだ。この星の人間は自然との共生を忘れ、海を汚し大地を削り、この星の地軸が狂い始めていることに気が付かぬ。大きな悪意が神々の領域まで侵食し、光の力を貶めようと目論む。聖なる女よ、崇高な光の意志を高め光の仲間とともにこの星の未来を変えるのだ。良いか、おまえと魂の共鳴をなすもの、極東の光の子とともに迫りくる闇を払え。闇の手はおまえと光の子の接触を拒もうとするだろう。現にその動きがみられ気が付かぬうちに魔の手がおまえと光の子の周囲に闇を巡らせてきている。良いな聖なる女よ。闇はおまえの光を蝕むために隙をついて来るだろう。欲あらば、その僅かの隙間に闇は入り込んでくるだろう。決して弱き心を掴まれてはならぬ。幾多の転生を繰り返し、大きな力でこの世に君臨した極東の光の子、名を峠原英良それに聖なる女。おまえ達の手にこの星の未来があることを忘れるな。極東の光の子はまだ開眼には至っていない。光を使いきれていない。おまえにもそう言える。言わば、星の一辺をそれぞれ持っている。おまえ達が会うことで六芒星の家紋が出来上がる。良いな聖なる女よ、自らの宿命を捉えるのだ。六芒星の一辺を成す者よ。崇高なる意志を持ち続けろ。未来を拓け」そう言うと光の珠は元の大きさへ戻り美咲の前から消えて行った。

英良が周りを見渡すと背の低い草が生えていた。芝生というよりは整備されていない叢《くさむら》のようだった。見渡す限り草が生えている。しばらく歩くと白い狐が一匹英良の前に現れた。五メートルほど前にいて身体を斜め横向きに構えじっと見ている。暫くして英良を誘うように少し小走りに前へ進んで行った。英良は狐に遅れないようについて行く。狐は捕まらないように逃げて行くようにも感じた。少し離れると狐は立ち止まり後ろを振り向いた。英良が遅れずに来ているか心配のようだ。三十メートルほど離れるとこのような行動をとった。そんな狐は英良から見ると白く光っているように見えた。狐の周りの空気が水滴状になって狐の光を吸い込み滲んで見える。狐は英良にこちらへ来るように促して視界から消えそうになるといつも同じ仕草をした。しばらくこの状態で進んで行く。

道はだんだん狭くなっていき上り坂になって来た。気が付くと左側は崖になっている。どうやら岩の山を上へ登っている。最初に見かけた芝生や叢はもう見当たらない。緩い右カーブが続き少し開けたすり鉢状の場所に着いた。そこを抜けると石の階段が続いている。それほど急勾配ではなく五十段ほどで上まで来ると社が建っている。正面には板の階段が十段ほどあり周りには欄干が付いていた。どこからか横笛と太鼓をたたく音が聞こえてくる。英良を歓迎しているような軽快な笛の音と太鼓の音だった。

英良は狐に促されるように上がっていくと扉が自然と開いた。室の中には一人の若い女性がダンスを踊っている。その女性は背は百六十五センチほどでスタイルは良く、髪は肩まであり色はやや茶色がかり毛先はすこしウェーブがかかっている。眼は大きく瞳が黒い色白の美人だった。ワンピースのスカートが太腿に張り付き腰から下の下半身のラインがはっきり見える。大腿筋が発達していて太く長い足が印象的だ。

一連の動作を終えその女性は物憂げにしゃがみ込み視線を下へ向けた。英良には気が付かない。もっともここは英良の夢の中であり英良の見たままの場面でしかありえない。英良は女性を見た時、どこかで会ったような気がした。混沌として幾重にも重なりあい探そうとしてもどこを探したらいいのか分からない。それは過去の記憶というのか既視感（デジャヴ）のように感じた。その人はVネックの白いハイウエストワンピースを着ていて突然立ち上がり、何かにとり憑かれたように舞い始めた。英良には踊っているというより舞っているように映る。腕がしなやかに円を描くように揺れ、表情は柔らかく視線は正面を向いた後に斜め下へ俯き加減に落とした。その動きは地球の引力に干渉されずに舞い、命を吹き込まれた演技のようだった。英良は吸い込まれるように見ていた。女性は納得がいかないのか、視線を落として俯いて歩を進める。最初の踊りが一番良かったためか、二度、三度練習していくうちに演技の精度が落ち納得がいかないという気持ちが英良に伝わって来た。再び踊り出す。その演技には見ている人を惹きつける魅力があるようだ。それはいくら練習しても努力しても身に付かない神から与えられたその人だけの能力のように感じる。

「主《あるじ》よ……分かっているか。間も無く、近づく悪意。警戒を強めるのだ。ここから先何が起こるか。恐らく悪しきもの、然し何故この時に。主よ。共々警戒せよ」突然警告する者がいた。

「お待ちしておりました」その女性は英良に気が付き声を掛ける。

「はい」英良は答えたが、変な声だった。

「始めまして。霧生美咲です」黒く大きな瞳が印象的だ
英良は黙って見ている。

「この踊りをご存じですか？　どこかでご覧になったりしませんでしたか？」美咲は訊いた。

「いいえ、ないですけど」まだ変な声だった。

「私は、バーレスクダンサーを職業にしています。昨日までニューヨークにいたのですよ。日本に来られることを楽しみにしていました。今度、札幌でショーが開催されるので、最初は北海道に来ています。今英良さんの近くにいるのですよ」

「バーレスクダンス？　私の近くに？」英良は初めて聞いた。

「はい」美咲は屈託なく笑みを浮かべた。「バーレスクダンスはあまり知られていませんから」

英良は美咲の顔を黙って見ていた。

「あまり浸透していませんからね。私は、バーレスクダンスで世界の十数カ国を回ってきました。今回は、日本でショーができるので大変嬉しく思っています」

「そうですか。頑張ってくださいね？」

「ありがとうございます。ところで英良さん？　バーレスクダンスの事はあまりよくご存

じではないと言われましたね？」

「すいません」

「いいえ、いいんですよ。バーレスクダンスを知りたいとは思いませんか？」

「知りたいですが、どんなダンスですか？　例えば、ベリーダンスに似てるとかフラメンコに似てるとか？」

「とてもセクシーなダンスですよ。ベリーダンスやフラメンコとは少し違います。でも、全てのダンスに共通しているのが、いわゆる重力を相手にすることかな」

「重力ですか？」英良は気の利いた言葉が出てこずおうむ返しに返す。

「そうです。一連の動作が全て繋がっていて、流れが悪くなると全て見栄えがしなくなります。スタミナと体力も必要とされますけどね」微笑む彼女の表情には特徴があった。

「私たちのように肌を曝して人前に立つということを忌み嫌う人がいますけど。私たちは職業ダンサーですから。身体で仕事をして稼ぐというか、普通の仕事とは違っていますから。そういう偏った眼で見られることを、いつも心配しています」そういう彼女の顔には一抹の怯えと乗り越えたくても越えられないものがあるという混在した感情がある。

　英良はこの美咲に過去のどこかの地点で間違いなく会い、同じ時間軸の経過を辿ったことがあるのでは、と確信に近いものを感じた。

「今度是非、貴女のダンスを見たいですね。応援します」英良は美咲と会話をしている時に気持ちが楽になり心に安心感を持った。遥か遠い前世の数限りない記憶の引き出しから見つけ出した宿命的な感情が蘇る。自然に意志を伝えることができ、感情が伝わり彼女の依頼に関することなら何でもできる。英良は自然な感情になった。


「そうですか、今度の仕事頑張ってください」

「はい……ありが……と……」言葉が途切れ途切れになってきた。その時、英良は黒いものが横切る場面を感じた。気のせいか思い込みか、ただそんな気がした。

「主よ。まずい。主と踊り子の光の交信を闇に捉えられた。闇を払う言霊を放て。悪意の元を断ち切れ。このものが近寄ると大きな災いとなる。縞獅子《しまじし》の言霊を唱えるのだ」突然、先言は警告した。英良は呆然としていた。黒いものは思い込みでも何でもない。先言の警告からそれは闇の前触れであることを直感した。

「主よいそげ」先言の言葉も途切れてきた。

「おい！　良く聞け。この者は私が乗っ取った。良く聞くがいい。これから先、光を持つ女の光を食らいに行く。邪魔をするとお前の身にも危険が及ぶことを脳裏に刻んでおくがいい」先言の声だ。

「おとなしく待っていろ」悪意の手に落ちたようだ。

「縞獅子、縞獅子、縞獅子」英良は言霊を放った。

「うわぁぁぁ……！」悲鳴とも聞こえる叫び声が響き、「ふっ、ふっ、良く分かったな、どうして分かった？」地の底から響くような声だった。

英良は再び言霊を放った。

「ううっ、止めろ、くくっううっ……」苦悶の表情が見えるようだ。

「誰だ？」英良は詰問した。

「古より光を闇で覆うもの。お前を女に会わせるわけにはいかぬ。光の子の誕生を拒む。この世を闇で覆う」声は続く。「ソロモンの生まれ変わりよ、古の英雄には消えてもらおう。光や栄華などは現世には無に等しい。光よ闇に凌駕され永遠に閉ざされよ」

英良は黙っていた。

「我は闇の使い手。おまえの周囲に古代の闇を巡らせよう。我は悪魔なり。光の前に立ちはだかり光射すものを断じて許さん」

英良は目を覚ました。時計を見ると午前六時五分前。手足と首の筋肉に恐る恐る神経を集中させた。やっぱりか。全身の筋肉が筋トレを行った後のように痛む。冷蔵庫からミネラルウォーターを出し一口飲んだ。大きく深呼吸し布団の上に座った。もう一度深呼吸し、数分その状態で座っていると自然と楽になった。英良は沢山汗をかこうと風呂に入った。窓からは人の足音が聞こえてくる。静寂の中で耳を澄ませると二階の通路で会話をしている声もかすかに聞こえてくるものだ。また今日もいつもと同じ一日が始まる。

山間から涼しい風が吹いてくる。日差しはまだそれほどきつく感じないが車内には陽光が差し込みエアコンを使いたくなる気候だった。英良は車のエアコンを微弱につけて街中を走っていた。夜になると昼間の暖かさが嘘のように冷え込んでくる。英良は行きつけのスナックに入った。十分ほど飲んでいると一人の五十代らしい客が入って来て英良が座っていたカウンターの一つ空けた左の席についた。その客は身なりが良く青のデニムサファリジャケットに同じ青の綿素材のダンガリーシャツ、カーキストレッチスラックスを身に着け黒のコンフォートシューズを履いていた。紳士のカジュアルスタイルが雑誌の一面から抜け出したような格好をして、この人にしか似合わないと言っていいほど着こなしていた。自然というよりも服装全体がその人になじんで見える。髪は白髪交じりであったが若く見えた。その客は内ポケットからキャビンの箱を取り出し、煙草を吸ってもいいか英良に訊ねた。英良は構わないことを告げた。客はシルバーのジッポライターを内ポケットから取り出し慣れた手つきで煙草に火をつける。英良はその仕草からほどほどヘビースモーカーだと思った。既に英良はこの客が入店した時に喫煙者であることが分かった。煙草を吸わない英良は煙草の匂いには至極敏感で部屋の出入り、隣部屋の喫煙者の煙の匂いにも気が付くほどだった。

「それでは遠慮なく」その客は遠慮がちに言った。

「仕事でこちらへいらしたのですか？」英良は訊ねた。

「ええ、仕事と言いますか、とある人を探しています。それも見つからず徒労に終わりそうですが」煙を吐き苦笑しながら答えた。

「誰をお探しですか？」英良は率直に聞いた。

「一人の日本人女性です」躊躇なく客は答える。

「失礼ですが、あなたは探偵さんとかですか？　クライアントに依頼を受けて探しているとか？」英良は訊いた。

「いいえ、違います。私はそのような資格は持っていません」客は苦笑いした。「ダンスの興行を行っていまして、何と言いますか人材発掘とでも説明したらよろしいですか」補足して説明した。

「ダンサーのスカウトさんですか？」

「スカウトと呼べるものでもありませんが、まあ、それに近いようなものです」と言葉を濁し「その人は百年に一度現れるかどうかの逸材」と付け加えた。

「すごいですね」英良はただ話を合わせた。

「もしその方を偶然見かけたら、教えて欲しいのです。」客は冗談交じりに言った。

「そんな偶然は砂浜の中で一粒の砂金を見つけるようなものですが」起こりもしない事象

を大人気なく言ったことを恥じたようだ。人見知りをしない性格のようだ。

「名前はなんという人ですか？」

「それが日本人女性のダンサーとしか分からないのです」客は斜め前方を見ながら答える。その表情は少し憔悴していた。

一時間ほどでその客は退店した。客は支払いを済ませると英良に軽く目礼をして出て行った。その時の笑顔は屈託のない気さくな中年男性といった印象だった。英良にはダンサーということが気になった。先言から踊り子のことを告げられ、英良の意識の中には再び偶然のようなシンクロニシティが螺旋のように連鎖してくる。宿命的な糸が複雑に絡み時間をかけてゆっくりと解《ほぐ》れていくようだ。


英良は夢の中で見知らぬ町を歩いていた。周りを見ても誰も歩いていない。車も一台も走っていない。身体が重く感じ、いくら歩いても前進していないように感じた。時間は進む。待ってはくれない。自分の意志とは全く正反対に思い通りにいかない。自分で意識的に悪い方向へと向かっているように。

しばらく歩くと木造の古びた建物へと辿り着いた。陰気な感じのする老朽化した建物で会社の独身寮のようだ。明るくはなく全てが暗くカビの臭いがするようだ。英良は中を見た。見覚えのある古い建物だ。幼少の記憶かそれとも前世での記憶だろうか、記憶の引き出しを開け奥から封印された箱を取り出し開けたようだ。全てが自分の気持ちの中の負の情景だった。

「主《あるじ》が来るのを待っていた。禍々しい力が蔓延している。ここまでの道のりを悪意に捕まらずにやって来られたようだな。美咲は思ったより早く悪魔に居所を掴まれた。このままでは美咲は闇の手中に落ちる。しかし案ずるな、私が悪魔を引きつける。その際に主の言霊を美咲へ放て。主の言葉はそれだけで力を放ち美咲を守り闇の手を封じ込める結界の力でもある。それだけ強い悪意と思え。この悪意を退けるには一筋縄ではいくまい。かなりの刻がかかると思え。良いな主よ」先言が警告した。

分かった、と英良は一言だけ答える。

「主よ、よく聞くがいい。この先大いなる闇が主と美咲の前に現れるであろう。その時は主の力で美咲を守るのだ。少しでも油断すると全て闇に飲み込まれる。そうならないためにも最善を尽くせ。良いか」先言が英良に忠告した。

英良は頷いた。

「闇とは悪魔。主は一度会っているな？　かなり強い力を持っている。主の想いが強ければ、主の語りが多ければその分強い物も出来上がろう。言葉とは力、想いとは力也。主にはそれが存在し、扱いうる力がある。『光転鏡命《こうてんきょうめい》』。これを美咲に語りかけよ。さすれば光が共鳴し合う。良いな主よ」先言は言葉を伝える。

「光転鏡命」英良は呟く。

「そうだ主よ、その言霊を放て。その力で闇は遠ざかるであろう」先言は再度促す。

光転鏡命、と英良は繰り返す。

英良は目を覚ました。いけない、寝過ごしたのではないかと時計を見た。午前四時半。良かった、と呟き二度寝した。


英良は歩き続け広い通りに出た。英良はここで不思議な人物と遭遇した。その者は僧侶の風貌でありオレンジ色の仏教ローブを身に纏っていた。最初、英良は白い光に包まれ直視できなかったが程なく人だと分かった。いつもと同じ光を持つ者の特徴だった。その者は静かに語る。

「英良様。私はイドリシと申します。モロッコで修行を積み闇神の力から美咲様をお守りするためにやって来た僧侶で御座います。英良様のお力になれたら幸いに御座います」イドリシは言う。

「イドリシ僧?」英良は言う。

「はい英良様。私も神に仕える者の一人で御座います。美咲様を守り闇を払うことを長年に亘り修行してまいりました。悪意の力を遮り浄化することが生業と。今、英良様たちが直面している者はカオスとその配下の悪魔で御座います。何故、今この時にカオスが日本の地に現れたのか理解できず私も火急の事態と思いやってきた次第に御座います」イドリシは慌てずに澄んだ表情で英良を見つめた。

「英良様には闇の力を抑えるとともに我等に力をいただきたいので御座います。今、美咲様を守れるのは英良様の他には誰もいないのが事実。大闇の力に抗するためには英良様の言霊の力を多く頂きたいのです」イドリシはそう言うと白い大きな球体から小さな光の球となり消えて行った。

今度の景色は路面電車や大型のトラックが走りまわるところに出た。どこにでもある当たり前の喧噪があった。夢の中でいつも起こりえる脈絡のない光景だった。

しばらく進むと街路樹が立ち並ぶ開けた場所に来た。その一本の木の横に毘沙門天が立っている。

「英良様、英良様の周囲に不穏な気配を感じます。それも西洋の闇が周りに這い回っております。それに美咲様が来たことで光の波動が増幅され闇も集まりつつある様子、これは光に巣くう小さき邪気に御座います。何卒、心に隙を作らないよう注意してください。もし美咲様と英良様の魂の共鳴が大きくなると、それだけ大闇が近づいて参ります。宜しいでしょうか？」

分かった、と英良は答える。

「それと英良様には魂の者が付いておりますが、この者の言葉も聞き逃さないようにしてください。魂の者は将来、美咲様を守る宿命となる模様。多くの闇が近づく今光ある者も英良様の元へ集まりつつある状況に御座います。何卒良き判断を」

英良も大きく頷く。ふと気が付くと英良の周りの光景は一変していた。景色が逆さまに見える。英良の身体が逆さまになって空中を移動している。不安定な状態だった。最初は十メートルほどの高さをゆっくり飛び、急に上昇したかと思うと猛スピードで移動した。

英良は目覚めて時計を見ると午前六時だった。この日は筋肉痛や疲労感は皆無で久しぶりに十分睡眠を取った感じがした。

時刻は午後六時を過ぎていた。西の空には赤いワインをにじませたような夕暮れが薄暮の闇を拒んでいる。アスファルトの狭間にライラックの花が咲き乱れ陽が沈むと夜の帳《とばり》と共に涼しい風がライラックの匂いを運んでくる。一匹のキジトラ猫が道路を横ぎりまだ薄明るい小路へと走って行く。夜の街並みは昼間とは違った顔を見せる。道路を走る車の数はだんだん増えてきてそのヘッドライトが夕暮れの街に浮かぶ大きな蛍のように映っている。家の換気扇からは夕食の匂いが漂う。車が近くを走り抜けて行く音と仕事帰りのＯＬが階段を上がっていくハイヒールの音が低くこだまする。変わらない日々だった。各階の部屋の窓は青やピンクや緑色のカーテンで閉められ生活感のある明かりが漏れていた。慎ましい生活を日々送っていることを感じる。人々の心には不安はない。日々の生活に安寧があり何にも阻まれず、強制されず自らの判断で行動できる世界がそこにはあった。

美咲のアパートに一人の中年男性が迫っていた。その者の服装は青のデニムサファリジャケットに同じ青の綿素材のダンガリーシャツ、カーキストレッチスラックスを身に着け黒のコンフォートシューズを履いていた。男はシルバーのジッポライターを内ポケットから取り出し煙草に火をつけた。「やっと見つけた」煙草の煙を吐き男は薄ら笑いを浮かべた。煙草からは青白い煙が真っすぐ伸びやがて左右に小刻みに揺れて空気へ溶け込むように消えていった。


男は吸っていた煙草をアスファルトの地面に捨て右足で踏んで消した。鉄筋コンクリート造りの三階建ての二階に美咲は住んでいる。階段と通路にはカクテル光線の照明が整備されている。男は階段を上り終わると美咲の部屋へと近づいて来た。ドアのネームプレートを見ると『霧生』とある。間違いないここだ。男はドアノブに手を掛けた、闇の力で一気に突破し美咲を飲み込もうと目論んでいた。頭上の照明が男の手元を照らし、その光とは別の一本の強い光が男の遥か頭上から射し込んできた。「待て！」と、その光は意志を持った生き物のようだった。

「うわっ……？」男は力を遮られ、強烈な力で押しのけられ飛ばされた。

「待て！　悪意のある者よ。闇を纏う者よ。遥か古よりはびこる悪しき力よ、幾度となく繰り返し魔の手、邪悪なる意志よ、幾重にも張り巡らし闇の壁。それは私の火により焼き尽くされ塵と化し、ここから永遠に消え去れ。大闇を後ろに置き、四体の悪魔が取り囲み聖なる女の光を侵そうと近寄る者、消えるがいい」声がその男を遮った。

「何だ？」男は驚いた。強力な磁石で跳ね返されたような状態だった。「誰だ？」男は言う。

「私は聖地から召喚されし火の精霊。世界に蔓延する悪意の力から封印を解かれ這い上がった闇の群れ。弱き人心に入り込み操ろうとする悪しき思惑、これ以上何を望む。再び世界を闇で覆い再び争いと荒廃を呼び込み破壊と破滅を渇望する者、自らを業火に曝すと良い」赤い炎が煌き闇を包み込んだ。


美咲の表情は強張《こわば》り怯えて闇の手が近づいていることを十分認識していた。鋭く突き刺さるような視線と身体を貫かれるような大きな力を感じる。美咲は人生の中で最も大きな生命の危機を感じていた。その時、水色の光が美咲の元へ訪れて来て美咲に告げた。

「美咲様、私は水の精霊です。神に仕える者でもあります。突然で驚かれたと思いますが悪意が近づいています。私はこれから美咲様の傍に付き生命の雨を降らせお守りします」

美咲は黙っていた。

「美咲様？」と精霊が言う。

美咲は黙って見つめていた。

「驚かれましたか？　もう心配はいりません美咲様」精霊は気遣いながら言った。

「ありがとう」美咲も落ち着きをみせ安心したようだ。

「何故こうなったのか？　と美咲様は疑問を感じていませんか？」

美咲は眼に見えない力強さを感じさせる凛とした表情で精霊を真っすぐ見ていた。瞳が大きく顔は小さめで目鼻立ちがよく美人な顔をしておりそこから醸し出される力には他者を制するものを感じた。

「美咲様には我々のほかに魂の欠片もいるので、心配されなくてもよろしいかと、それに外では火の精霊が悪魔を牽制しております」

「火の精霊？」美咲は聞き返した。

「はい、美咲様。火の精霊は古代から世界を覆う闇を焼き、幾度となく悪魔と対峙し退けて来た精霊。聖地からの使徒が聖地から私と共に召喚した精霊です」

「聖地からの使徒？」

「はい。聖地からの使徒のことは後でゆっくりお話しいたします。まずは私が美咲様へ光で結界を作ります。ここで動かずに気持ちを楽にしてください」

美咲の表情が少し和らいできた。

「何故悪魔がここに来たのかしら？」美咲は率直な疑問を感じた。

「そうですね美咲様、そのことをまず初めに私からお話しいたしましょう」と言うと続けた。

「美咲様は五人の聖女のお一人ということを最初に申し上げておきましょう。美咲様は現存する光の子の中でも大きな力を持っておられます。その光の力を食らうために闇は襲ってくるのです。現に今も外では四人の悪魔が隙を窺ってここへ入り込もうとしているのです」

「聖女？　光の力？」美咲は理解しづらいように呟いた。

「はい、美咲様。光の力とは美咲様が生まれながらに持っている力のことです。美咲様は自分で気が付かれてはいませんが、銀色と黄色それにオレンジの光をお持ちなのです。これは慈愛と寛容な気持ちの表れ、美咲様もいままで経験があるはずです。自分の境遇のことを。何故自分はこのような経験をするのか？　謂れのない不運に襲われたりしたことがあるはずです。希少な経験をされてはいませんか？」

美咲には両親がいなかったのでアメリカでは孤児院で育った。そんな十代のエレメンタリースクールの時を回想した。

心の闇としての静寂さに支配される。そのような時にはいろいろな感情に支配される。いつも決まったかのように感情の渦は美咲を飲み込んでいく。過去に経験した数々の差別や偏見。屈辱や辱め。それらの負の感情が美咲の脳裏を嵐のように吹き荒れて行く。自分が好んで悩みや苦しみを呼び込む。どうしてあんなことを言ってしまったのだろう？　何故助けてあげられなかったのだろう？　複雑に絡んだ難しい出来事だったけど、手を差し伸べてあげられない自分の無力さを思い出す。今の状況も自分の無力さが招いた因果律だ。世界の未来は誰にも分からないのだ。しかし今まで積み上げてきた事をここで放棄すると、今までの苦しい経験が全て不毛のものとなってしまう。全てが単なる通過点。その積み重ねがあって目的地が見えて来る。

美咲は道行く人や幸福な笑顔を見ていると自分もその中の一人でありたいと心馳せる。悪意によって曲げられた自分の運命、それを元へ戻したい。この世に蔓延した悪意を取り除きたいと。

「美咲様はごく普通の女性です。権力や莫大な資産はありません。それはむしろ光の意志に反するので言うまでもないこと。私利私欲に目がくらみ、優しさを忘れ粗暴な言動をとる。自分で気が付かないうちに弱者を疎んじる。自惚れて大きな態度を取り羽振りの良い者達に媚びをうる。雑用を避けて人目に付くように立ち振る舞う。これらを美咲様は嫌っていますね？　というより自然なことかもしれません。美咲様は決して自分からは目立とうとはせず、驕りの気持ちもなく控えめで慎ましい光をお持ちです。英良様も全く同じような光の持ち主なのです。二つの魂が共鳴しあいお互いを呼ぶことも自然なこと。崇高な光の意志を持つということはいくら勉強しても努力しても身に付くものではありません。全てが定められた宿命の紐を手繰るように行き着くのです。それを阻止しようと目論み心の隙をついて来るのが闇、大きな光には邪念を持ったものや卑しきものが付いて回ります。敵わない相手には構ってくれるようひねくれた態度をとり近寄って来るでしょう。全てが異質な要素を持っているのです。同じ人間には同じような人間が集います。光の子には光の子が集まります。異なるもの同士は他者を認めようとはせず両極をなし、正当なる判断もしないまま行動をとるでしょう。それが今まさに美咲様の目の前で起きつつあります。これは全て美咲様の意志にかかわらず進行していくもの。自覚も何もなく周囲の恣意的な意志とも言えるでしょう。全ては光の対象としての神と闇の対象としての悪魔が対峙して起きています。

美咲様は光の子、美咲様という普通の人が光の意志を持って現世に生を受けているのです。神も悪魔も生まれながらに力を持った人間をマークし取り込もうとして一生憑いて回るのです。ここまではよろしいでしょうか美咲様？　ニューヨークから既に悪魔の意志が働いていたことはご存じではないでしょうか？」

分からない、と美咲は応える。

「悪意は美咲様をニューヨークから追ってきたのです。不思議なことにその者と英良様は会っている。英良様も多大なる力を持っている所以でしょう。その英良様が使役する光ある者達は全て美咲様の所へ集い闇と対峙するでしょう。我らの他にも英良様の光も近くで待機しているはずです。美咲様はどうか平常心でお待ちください。我らが必ず闇を排除し美咲様をお守りいたしましょう」と言い、「美咲様はご自分の転生についてお分かりでしょうか?」と尋ねた。

知らない、と美咲は答える。

「そうでした、全ての人はこの世に生を受けた瞬間から自分の前世や宿命を忘れてしまっています。美咲様や英良様も例外ではありません」

美咲は黙って聞いていた。

「まずは美咲様の前世についてお話しさせてください」

美咲は頷いた。

「美咲様は人間界で神話と呼ばれる時代、九つの世界が存在していた時代にアースガルズという神の世界に居ました。それも王女と呼ばれる方でした。一方、英良様は九つの世界の最下層の国のニブルヘイムの世界に居ました。このニブルヘイムは冷たい氷の国のことで英良様はここで王として君臨していたのです。名をマーク。美咲様と英良様はこの時代から近くにいたのです。そしてお互いの存在に気づき出会ったのです。これも魂の共鳴からなる宿命かと。しかし美咲様と英良様は異なる世界、それも神の国と冷たい氷の世界におられる方。人間界でいうなれば禁断の関係になります。また闇にとってもまずいことになります。何故なら、美咲様と英良様が結ばれると光の子が生まれるからです。そうなると闇が一掃され光が注がれるでしょう。それを阻止したのがサタンです。この時代には美咲様と英良様は結ばれることは叶いませんでした。それからお二人も幾度と転生を繰り返し古代オリエントの時代、この時に英良様はイスラエルの王として転生しました。ダビデ家の家紋は『六芒星』。これは見方を変えると上を頂点にした正三角形と下を頂点にした正三角形が重なり合っています。これは何を意味しているでしょうか美咲様？　重なり合うというより正確にはそれぞれの辺が絡み合っているのです。絡み合っているからこそ離れないのです美咲様。これらの三角形を美咲様と英良様に置き換えるとしたら如何でしょうか？　英良様は神から言葉を授かり絶大な力を持ち闇を使役するほどになり、美咲様も英良様を追い十数年後に転生し英良様の妻の一人として召し抱えられました。しかし、既に過去の記憶は消えています。出会う宿命はあっても光の子が誕生するまでにはいきませんでした。それでも今、英良様と命運を共にする今世に降り立ちました。美咲様、左の乳房をご覧ください。上から見ると死角となり分かりづらいかもしれませんが小さい正三角形があります。それはまさに下を頂点にした正三角形」ユタがそう言うと美咲は着ていた白いキャミソールをたくし上げると脱ぎ捨て左の乳房を見た。今までは気が付かなかったが鏡の前に立ち乳房を上に寄せてみると確かに青く薄い三角形が浮かんでいるように見えた。

「お分かりでしょうか美咲様。その刻印ともいえる三角形は英良様と対をなす証拠であり聖女である証拠なのです」ユタが言った。

美咲は今までの話に集中していたため分からなかったが、外では凄まじいまでの雷のような音や地鳴りのような轟音が鳴り響いていた。

「この音は火の精霊が闇を焼き尽くす音です美咲様。話を戻しましょう。英良様は光と闇の存在に気が付きご自分も力のある人間を集めたのです。英良様と同じような特異な能力を持つ人間を自分の仲間として集めました。光は神、闇は悪魔と言っておきましょう。神や悪魔は人間の力を恐れたのです。彼らは実体がなく人間から崇められる存在。人間は実体があり、活動できるため光や闇より可能性を持っています。それを彼ら……特に闇はマークを恐れました。そこで闇はマークに一つの提案をしたのです。その提案とはマークを冷たい氷の国のニブルヘイムを統治する王として認める代わりにマークの力を闇の力に与するよう要請したのです。それはニブルヘイムが闇の世界になりマークは闇の帝王の一人として君臨することを意味します。言い換えるなら闇はマークを認める代わりにニブルヘイムを闇の力で取り込もうとしたのです。マークは深い駆け引きを嫌い、駆け引きとは思っていなかったのかもしれませんが……何も考えずに闇の提案を跳ね返しました。激怒した闇の神達はこの時初めて光と結託したのです。この時に光と闇が手を取り人間、特にマークの親派を排除したのです。光と闇は結果的には人間を抑えることができたのですが、光と闇は以後人間の力を徹底的に管理するようになったのです。地上に生れ出た赤子一人一人を徹底的に管理する。もし力ある人間が生まれたらマーキングしてどちらかへ取り込もうとする。体制に影響がなければそのまま生涯を終えることを見ている。と言う風にです。英良様、美咲様は生まれながらに双方に蛍光ペンで印を付けられたようです。二つの大きな力に憑いて回られたと、そう思っていただけたらいいでしょう。特に英良様の持っている力は言葉を選び、それを放つことで他者を救済するか若しくは滅する力です。ご自分では気が付かれていないはず。言霊、神詞《かみごと》と呼ばれるものです。それに美咲様にも共通することですが、人を惹きつける力をお持ちのはず、今まで人が寄って来る、期待していないのに近寄って来る。そういった経験があるはずです。煩わしいと思いながらも他者が寄って来ることが多々あったと思います。これもお二人の力、人間でいうオーラの力でしょう。これは仕方のないことです。負のオーラを持っている人間には誰も近寄りません。言い換えるなら光ある人間はそれだけで魅力をお持ちなのです美咲様」

少しの沈黙の中に地鳴りのような轟音が外から聞こえてくる。

「美咲様の前世は日本の平安時代……たぶん貴族のご身分でしょうか、打楽器と笛でしょうか……手には撥《ばち》か笛のような棒を持っています。楽器を奏で、語り、目立った存在だったようです。とても美しく聡明であり才媛でした。美咲様の他にも同じような女性が多数いて、特に宮中内の女性から美咲様は嫉妬をかい不遇の生涯を送ったようにお見受けします。美咲様は些細なことで悪口を言われ、さらには身分の高い大納言や中納言への告げ口や讒言《ざんげん》などで公の場へ出ることも許されなかったようです。美咲様は何故ご自分がこのような仕打ちをされるのか身に覚えがなかったようです。それもそのはず、誰しも美咲様を陥れる意図がなかったからです。言い換えれば、世論の意志ではなくそれを操る力によって美咲様は陥れられたのです。美咲様の周りには拘束しようと蠢く目に見えない力がいつも付き纏っていました。転生を繰り返すたびにです。そして今、美咲様は英良様の魂の欠片を追い、現世へ転生したのです。これは宿命、先ほど言った通り美咲様と英良様は対をなす『六芒星』であり魂の欠片はお互いに共鳴しあうからです。しかしながら、これを阻止しようと働く力……そうですサタンです。その力は大きな闇、あるいは幾重にも連なる悪意の壁となって美咲様の行く手を阻むでしょう。前世での不遇や嫉妬や貶めはいずれも闇の意志によるもの。上手くいっていても何故か目に見えない、何か他のものや他のことがお二人を阻害し前を塞ぐ、これも光と闇の確執の結果といってよいでしょう。両極に存在する光と闇の力はそれぞれの時代においてお二人の宿命を弄んできたのかもしれません。多分そうではありませんか美咲様？　美咲様それに英良様の周りにはいつも闇の力が這わされています。これも宿命。お二人は闇の手からは逃れることはできません。今現在、美咲様はご自分を守る護符は持っていないのが事実。それで闇は美咲様を襲うのですが、先ほども言った通り英良様には言霊を放つ力があります。それを受けた者は救われ大きな力を受けるでしょう。それは美咲様を守る光の力となります。闇はお二人が交わり対を成すことを恐れています」唸りを上げるような轟音が二人の言葉を遮るようだ。

「今、外では四人の悪魔がこの部屋に入ろうとしています。この悪魔の後ろには大闇、カオスと言う闇神が付いています。多分カオスとの対峙までいくでしょう。私の使命は美咲様をお守りすることは申し上げました。闇が入ってきても私が光で美咲様を包み闇には捕えられないようにします。また英良様の分身の光も届いていますね。銀色の光に白と黄色の色が英良様です。ご自分では気が付かれていないようですが、自然に力を放っているようです。私は数千年ものあいだ人間界を見てきましたが、美咲様や英良様のような力を持った方はいませんでした。お二人は選ばれた方なのでしょう」

どれくらいの時間が経っただろう。時間の概念がなくなったように今の時刻が分からなかった。自分たちの世界だけ時間が凍結し、異空間を形成しているような感覚に支配される。もう三時間は経ったような気がした。闇の力は引いたように感じた。雷鳴が収まりつつあり、ほぼ落ち着いてきたようだ。

「美咲様。四人の悪魔は火の精霊と英良様の力で滅されたようで御座います。私も残りの闇の元を浄化してまいります。暫くお待ちください」水の精霊はそう言うと消えて美咲の視界から消えていった。

不可思議な静寂を感じる。今まで光と闇が対峙し嵐が巻き起こった後の静けさとは異なる異質な空気を感じる。全てが止まっているようだ。全く無の世界だった。光が闇を凌駕した空気感はなく闇が全てを失った雰囲気も感じないのは異様だ。何かがおかしい、結果が出ている状況下で全く理に反した状況が突然発生する。時間が経ち結果が出たのにも拘わらず、別の事象が起こるような状態だった。そこには時間の経過と収束の概念も存在しない世界の全ての事象に関わる普遍性が通じない異質な力が干渉しているようだ。それは光の存在を否定し、生き残りをかけた闇の力を誇示しようとする新たな力の誕生を示していた。光と闇の相克は複雑に絡み合った螺旋状の縄のように優位性を感じさせない特異なもののようだ。この時の状態もまさにこれで光は優位ではなかった。

その時突然、地の底から轟音と地面が割れるような響きを感じた。

「僕達も集った。今は美咲の元へ向かっている所だ。もうじき着くだろう。我ら破壊神が全てを支配する時が近づいてきたのだ。英良よ。美咲共々、血塊にする時が近づいてきたようだな。魂を食い散らし、心の臓を抜き取ってやる。手加減はせぬ。本気で向かうぞ覚悟しろ。これが正真正銘の最後の決戦になるだろう」破壊の主（カオス）は言う。

破壊の主、闇神カオス。複雑に絡み合った螺旋状の縄が微妙に回る。互いの優位性を誇示するように。光と闇の対峙は際限なく絡み回っていく。

「主《あるじ》よ、美咲よ、もう数刻もすれば闇は主等に襲い掛かる。あと少しで結界も完成する。態勢を整えよ。全てを終わらせる為に、『光転鏡命』。結界の仕上げとなる、美咲に語りかけ闇が攻め入る前に完成させよ。言葉とは力、想いとは力也。主にはそれが存在し、扱いうる力がある。言霊を美咲に語りかけよ。さすれば光が共鳴し合う。今日で全てが終わる。全てを終わらせる為にも、全てを出し尽くせ」先言は言う。

光が闇の分厚い雲にぶつかり轟音とともに稲光が煌めく。闇が光へ全てを否定する拒絶の叫び声をあげているようだ。数刻の間どちらも引かず膠着した状態が続いたが僅かに光の力が怯んだようだった。

その後も四時間が過ぎていった。お互いに譲らない対峙が続いた。光と闇の螺旋の縄は回りながら軋み、その音が鈍く響きお互いに固くねじれていく。現状は光を持つ美咲を闇が飲み込もうとしている。

「主よ、闇の力が溢れてきている。これは、予想以上の力、私の考えを遥かに上回っている。やはり、私の全てを尽くさなければならぬようだ」

渦巻く巨大な闇の渦を穿つように空から光の柱が射し込まれてくる。

「誰も失うな。今ここで光の意志が潰えることがあれば負の螺旋は世界中へ蔓延するだろう。極東の光の子達よ。今こそ意志を高め仲間を信じるのだ。おまえ達に光を与えよう」

エリーナ・モーセの声が聞こえた。

「闇を退けるではなく、消滅させなければならない。しかし今は様子を窺う。今は効果が無いようだ。払黒光。これを闇の者に、実体の無い闇に多大なる傷を負わせるだろう。そして、光転鏡命。光ある者全ての命運が懸かっている。主の力、私の力全てを出し切る」

先言からの言葉も途絶えた。


二〇〇九年五月二十七日。何もない日が長く続いた。こんな平凡な日が幸せ（英良には陳腐な響きで嫌いに感じること）に思った。もう何も言ってこないだろうと、そんな予感がしたが再び美咲から言葉があった。

「英良さん。やっと大闇を払いました。でも犠牲は大きかった、イドリシさんを失ってしまった。私も一度は闇に捕まり死にかけた。それを先言さんや光の子たちが助けてくれた、ありがとう。私にとり憑いた闇は深い。これを払わないと私も最期をむかえる。英良さん、私の残された生命はあと百八日。これから世界を巡り、神々と謁見し浄化しなければ。英良さん一緒に生命の旅をしてもらえますか？　英良さんの言葉を貰えれば頑張れる。傍にいてくれますか？　先言さんも言葉をくれる、上手く事が運ぶように……どうか見守っていてください」

「主よ、大闇は我らの手で滅した。閻魔の力に匹敵するほど強大な力。しかし、犠牲も大きく光の僧……イドリシは力尽きて生命が潰えた。それと美咲の魂は一度、黄泉の国へ引き込まれ闇の手に落ち、再度我らの手で奪還したが、この後浄化しなければ美咲は天命を終えることになる。私は全てを賭ける。主の力を頼む。全てを終わらせ歪みを元に戻す。我に力を我に光を更に輝きを。闇が、闇の鼓動。闇」先言の言葉が途切れて来る。

「闇より美咲は救出したが、私も力を使いすぎた。私も美咲も力が底をつきかけている。私は回復の方法を知っている。しかし美咲の回復には時間がかかるだろう。主が語り掛ける事で美咲の回復を促す。私は神界へと向かう。そして大いなる意志。万物の宇宙の創主とお会いする。力を授けてもらう。後に再び語ろう、主にも少し協力を願いたい」先言は言い静寂が戻って来た。


英良は先言からの言葉を待っていたが次の日と二日後には来なかったものの三日後に言葉があり安心した。

「主よ、多いなる意志の力で我は力を取り戻した。安心するがいい」先言は言う。

「美咲の生命はあと百五日。それまでに闇を浄化しなければならないだろう。主もこれからも美咲に生命の言霊を授けるのだ。良いな。主の言葉が美咲を導くだろう」

先言は語る。

「分かった、先言。神界で会った意志の力は聖地から力を這わせている力のことでは？」

英良は聞いた。

「よく知っているな主よ」

「言葉を交わしていたことがある」英良は答える。

「そうだったのか」

英良は宿命の意図が複雑に絡み合い渦を巻いているように強烈な偶然性を感じた。

英良は複雑に絡んだ運命の紐を一本ずつほどいていく。それが幾度も転生を繰り返し魂の共鳴を作って来た聖なる女との宿命であることを。英良は五感を研ぎ澄まし風を感じようと意識を集中させた。


美咲は歩いていた。もうどれくらい歩いただろうか。はるか前方にはアトラス山脈が見える。深い蒼で山全体が覆われている。山頂部分は雪で白い。

美咲は今までに自分の身に振りかかったことを回想した。何故あのような悪魔に自分が狙われたのだろうかと。あの大闇カオス。あの悪意さえ来なければこんなことにならなかったはずなのに。

二〇〇九年五月。思い起こすとつい昨日のようだ。モロッコからは光を持つイドリシ僧が日本へとやって来て美咲達を助けに来た。イドリシは美咲へ告げた。

「美咲様。カオスは封印を解かれた七十二柱の一体でしょう。あの者は美咲様の光を蝕む、それかもしくは美咲様を取り込もうとしています。私の言うことがお分かりでしょうか？　美咲様は百年に一人現れた踊り子。その力を捕まえた大闇なのです。私は英良様を頼って日本に来ましたがこれも全ては光の意志と言えるでしょう」そうイドリシは言い、「私も英良様の光とともに戦えて良かった。最期を英良様に看取られて終えることに悔いはありません。これ以上の幸福は無いでしょう」とイドリシは今際の際に言ったことを思い出した。

美咲はプロのバーレスクダンサーであり興行で日本へとやって来た。そして宿命ともいえる日本人男性の英良と会うはずだった。それが運命の歯車が狂い出し闇の根をカオスから吹きつけられ生命の寿命があと百八日となった。美咲の脳裏を色々な事がよぎる。なぜ自分だけがこのようなことになるのか、と自分の運命を忌み嫌った。

世界の神々と謁見しその闇を浄化するために世界を巡る生命の旅へ出たことを憎み恨んだ。今では悔やんでも仕方ない。思い出したくもない事だったがもう振り返るのは止めよう。そう自分に言い聞かせた。

前だけを見ることにした。終わったことはどうにもならない。そうですよね。英良さん、と美咲はいつも口癖のように呟いた。

「英良さん。私の声は届きますか？　やっと到着しました。今、アトラス山脈へ向かっています。山道を辿っています。長い移動で疲れていますがこちらの時間は深夜です。今言葉を交わせますか英良さん？」

美咲は寝袋に入ると疲れからすぐに深い眠りへ入っていった。

英良は薄暗い建物の中にいた。住居か宿泊施設なのか皆目見当がつかない奇妙なところだ。美咲は英良の顔を真っすぐに少し怯えたように見ている。英良は美咲の白い手を両手で握りしめると美咲の表情が少し変わった。

「英良さんを感じられて安心しました。食事は取れる時にきちんと取るようにします。また山に入ったら食べられなくなるかもしれないから、それと山は寒くて。こんな状況で山に入るのは本当に危険だと私でも分かります。また報告しますね英良さん」と英良に伝えた。喋ってはいないが英良の脳裏に美咲の言葉が伝わって来た。美咲は山道を登っていく。山道といっても道のようなものではない。人がやっと歩けるくらいの獣道といったものだ。美咲の行く手を意図的に草木が遮っているようだ。美咲は大きな木の葉を払いのけながら進んで行く。美咲の視界の中に突然、洞窟のような大きな黒い穴が入って来た。

「ここだ。間違いない。このまま進むが良い。お互いの力が共鳴し、神々にとっても大きな力となる」先言は中へ入るように促した。洞窟の中は人が一人やっと入れる大きさだ。奥に進むにつれ穴の大きさは狭まって来る。入り口から三十メートルほど入ると二手に分かれている。美咲は右側を選んで進んで行った。何故だか分からなかったが、右の方へ自然に身体が反応した。手にペンライトを持っていたが、足元には小石や小さな段差があり思うように進まない。かなり歩いたように感じた。少し休もうと先を見た時、壁面に何かの文字が刻まれているのが分かった。何だろう？　美咲はその文字を左右に触った。当然、何が書かれているのか分からない。その時、ふと声が聞こえた。

「我はオーディン。儚き勇敢なる者よ。汝等の事は耳にしていた。さあ勇敢なる者よ。我の言葉に応えよ。現状たる異常。どうやら巻き込まれたようだな。異質なる力。女の身体に巣くう悪意。救う術を魂と同様に与えよう。言葉を交わせ」オーディンは呼び掛ける。「汝。汝等を待っていた。本来で有ればワルキューレを迎えに出す予定では有った。然し突如と現れる異常。ヘルヘイムの死者に悪意が交わった。悪意が深くより溢れ出そうとしている。人界に溢れる悪意に襲われたようだな。汝らが負ったもの、それと同様な力が我らの界にも及んでいる。異なる界の力。現状事態の収束を最善とさせる為力を向ける。汝等にも適応とさせる為力施そう。更にはヘルヘイムへと赴き悪意の力溢れる根源見出せれば言葉せよ。我グングニル投じ全てを封ずる。良いな。汝よ」と言い、少し間を置き続けた。

「ユグドラシルの深く。悪意が結界を巡らせ力を閉ざす。我より力を与えたことで汝に憑く悪しき悪意を取り払う。『グロール』この力を魂に発し汝らの絆を繋ぎ各々の所在を知るだろう。主《あるじ》が力を発し魂が汝を捉える。既に魂には我より力を与えた。次いで根源なる力見とすれば、再び我と言葉を交わせ。そしてこの後はヴァーリーの元へ行け」

そう言うと後は静寂に覆われた。威厳のある声の中に柔らかく温かみを感じる。神との交わりはそれだけで身体に宿る闇の力を自然と浄化する力を持っている。あり得ないことを許されその言葉を感受した。

オーディンとの謁見を終え美咲は元来た道を引き返した。来るときは凄く長く感じた道も帰る時はすぐに戻れた感じがする。洞窟を出て大きく深呼吸をすると身体が軽くなったようだ。今まで憑いていた悪意が少しは払われたのかもしれない。足が軽く木の枝や木の葉が美咲を避けて道を開けているように感じる。耳を澄ますと野鳥の鳴き声も確かに聞こえる。

「美咲よ、謁見は終えた。次の目的地を目指そう。案ずるな、主の精霊もついている。この先も大きな力となる。案ずるな」先言は言う。

陽の光を反射した草木や木の葉が眩しい。日本の景色とは違って淡い色が濃く見えてくる。空も碧く山頂の雪とのコントラストがより鮮やかだ。美咲は外国へ来たことを改めて感じた。あんなことさえ起らなければ、自分は日本にいることができたと、あの大闇が来なければ生命の旅なんかなかったと、悪意を憎み恨む気持ちが湧いてくる。しかしながら、この感情は負の感情。悪意の元になる。美咲は後へと引きずらないことにした。これからも前進しようと。神々との謁見をこなし日本へ帰ることだけを考えようと。

美咲はチュニジアへ移動した。チュニスで宿を探したが意外と容易《たやす》く見つかった。外観は新しいとは言えず、砂漠の風と焼き付ける日差しに曝され色褪せセピア色した白黒写真のように感じる。入り口のドアは重たく鉄の扉をこじ開けるように力を込めて開けた。ロビーというものは見当たらず、左側に受付があり四十代くらいの女性が座っていた。その女性の髪は黒く瞳の色はブラウン、目元には細かい皺が走っている。美咲を見ても特に反応はせず普通の客が入って来たという印象だった。英語で話しかけて来たので美咲は安心した。部屋は二階の二〇一号室で鍵を受け取ると向かい側のエレベーターに乗り上がっていった。部屋に入ると広さは六畳ほどで右の壁にベッドが備えてあり窓際に小さい机が置いてあった。美咲はベッドに横になりそのまま眠った。

暗く鬱蒼とした森の中を美咲はひとりで歩いていた。小径を抜けると開けた場所に辿り着き猫が四匹集まっている。一匹の猫が後ろ足で立ち上がり何か喋っているように感じる。残りの猫たちも立ち上がり左回りで走り出した。猫はだんだん大きくなり二頭の鹿に変わっていた。その二頭はお互いの角でぶつかり合い喧嘩を始めた。どうやら主導権争いのようだ。一回り大きな鹿の方が勝つと後ろ足で立ち上がり美咲を見た。その鹿の眼は赤く光り美咲を凝視した。そこで夢は終わり美咲は目覚めた。窓から外を見ると朝日が射し込んでいる。朝日を見ていると不思議と希望が湧いてくる。一晩睡眠を取ると幾分疲れが取れた感じがした。進もう、神々の地へ。

先言に導かれるままに美咲はジェリド湖へ向かった。バスに乗りジェリド湖を右手に見ながらルジムマエータグへ向かった。砂漠がある場所ではあったがここは緑が多く、吹く風も草木の匂いがする。ヤシの木のような日本では見慣れない木々が木陰を作る。いつ現れたのか木の傍に一人の七、八歳の少年が立っていた。木のシルエットと重なり美咲は少年を認識できなかった。その少年は白い半袖のTシャツに黒いハーフパンツを穿き髪の毛はアフロヘアのようにカールが入り地元の少年のように見えた。日本の女性を見ても何も訝しげに見ることもなく少年は自然に美咲に接してきた。その少年は美咲に付いて来るように言った。美咲は少年に遅れないように付いて行きアーチ状の石門の前に着いた。少年は美咲にここをくぐるように言った。美咲も言われるまま石門をくぐると周囲の空気が重く感じる。突然風邪を引いたかのように気分が悪くなり身体がふらついた。美咲は傍にあった岩に腰かけた。大きく深呼吸する。自分の足元を見ながら黙って座っていると気持ちが落ち着いて来た。立ち上がり周りを見たら一緒にいたはずの少年の姿はなかった。

立ち眩みのためか景色が歪んで見える。足が重たく感じ上手く歩けない。足元に気を付けないと転びそうになる。美咲は下を向いて暫く歩き続け、ふと顔を上げると前方に大きな古城のような黒いものがあることに気が付いた。それは蜃気楼のように地上から浮かんでいるように見えた。その建物からは悪いものを感じなかったが僅かに侵入する者を拒絶する力を感じた。そしてその力と相反するかのように誰かを予め待っていたかのようにも感じた。美咲は何かの力に誘われるようにそれに近づいて行った。正面には石の階段があり、それを二十段ほど上がると石畳の通路に出た。周りは大きな空間のようで空気も冷たい。踏み込む足の裏も冷たかった。中へ進むにつれとても暗く感じ中世の古城のようだった。美咲は奥に入り円形状の広い空間へ辿り着くと凄い力を感じた。ここが建物の中心らしい。美咲はその力を感じるとヴァーリーは本当に自分を助けるためにここへ呼んだのか疑念を抱いた。美咲は一息つくと何かの力に引き込まれるように眠りについた。

「ユグドラシルの闇を司る者、我名はヴァーリー。悪意の件は礼を言おう。我等もあれには手を焼いていた。礼も兼ねて女には力を与えた。闇に耐えうる力を。今は深き眠りに入る。力を完全に取り戻すため。力ある人間よ、我の言葉捉え交信せよ。オーディンよりは聞いている。己に力を与えよう」その声の主は言う。

「女から闇の根を払い与えた力、闇に対抗する力。闇への抗体。女と魂は緩やかなる眠りの中、力を取り戻す。己に道共にする力を与える。己と魂を共にする者と言葉を唱え、共鳴せよ」声の主は続け、「力は元へ回復した。この力は己の魂の一部が同化するもの。女の魂の状態を知りえることを可能とする力。魂の一部、共にすることにより異界へと通じる力は倍加とするだろう。闇も光も元は同じ神々の力に終わりが来たのだ。全てを人間の手の内へ委ねよう。己らが果たすのだ。我等も賛同しよう。己、魂の一部は削られた。多少寿命は縮まるが構わんな？」

構わない、と美咲は応えた。

「ならば問題はなし。全てが終わり、力の終息となれば分けられし魂は己の元へと。全てが元に戻る。しかし、最中己が死ぬようなことがあれば己の本体、元なる魂ごと引き込まれる恐れがあること忘れるな」ヴァーリーは静かに言葉を納めた。大きな力を渡されたような重みを感じる。見て計れないものが確かに存在する。

美咲は目覚めた。今まで冷たかった周りの空気が暖かい。美咲を見下ろすように拒絶していた力はもう感じない。身体も軽くなったようだ。来た道を引き返すと全てが違って見える。陽炎のように歪んで見えるものは何もなかった。アーチ状の石門が見えてきた。入口だった場所が今度は出口になる。石門から入る時に感じた重たく鈍い足枷のような何か・・・他の物は全て取り除かれたようだ。

美咲は空路とバスを乗り継ぎクライペダに辿り着いた。ここはバルト海に面し南西に砂州が出来ておりゼルノグラーックまで伸びている。砂州の終わりはカリーニングラードで途中にニダという港町もある。このあたりで謁見を行えばよいのかバルト海に面したここのクライペダで行えばよいのか思案した。美咲はアンデルセンの童話に出てきそうな洋風のホテルを宿に取り夕食は近くのレストランで取った。食事を終え部屋へ戻ると長旅のためか美咲は強烈な睡魔に襲われた。シャワーを浴びた後身体に力が入らなくなりベッドに倒れ込むように沈み込んだ。

美咲は夢の中で水の滴る洞窟の中を歩いていた。足元は水に浸かっているが靴に水が入るほどではなく暗くても何かの意志で導かれるように奥へと進んで行く。暫く歩くと下方へ繋がる竪穴があり鉄梯子が付いている。美咲は一段ずつ注意しながら降りて行った。数十段降りて行くと水が流れる音がしたので下を見ると用水路のような水の流れがある。美咲はその流れに沿って歩いて行った。水の流れが細くなりほとんど切れかかったところに辿り着くと石像が建っている。

「汝我問いに応えなさい」声の主は言った。

はい、と美咲は応える。

「私はユーラテ。汝にとり憑く悪意を感じる。それは汝の意とせざるもの。どのような悪意か答えなさい」

美咲は今までの経緯をユーラテに話した。

「極東の地で汝等が大闇と対峙し滅したことは分かっています。その結果ということですね？　それでは浄化しなければなりません。しかしながら汝が負なる感情を抱いているなら浄化は叶いません。分かりますか？　汝が過去の対峙において恨み、憎しみ、蔑み、そのような負の感情を現に抱き、本来あるべき崇高なる意志が小さく衰えているなら浄化することの妨げになります。このことが分かりますね？　聖なる女よ」ユーラテは説いた。

美咲は頷いた。

「いいでしょう聖なるものよ。我もここまでの間、汝の心の中を覗かせてもらいました。何故このような事象が汝に降りかかったのか分かりますか？　汝も疑問と感じるところが多くあるでしょう。汝が好むと好まざるに関わらず遅かれ早かれやって来たでしょう。今までの前世から複雑に絡み合った糸は簡単には解けないでしょう。全てが複雑に絡み汝と魂の響きを同じくする者は互いに引き寄せあい、汝の光を食い尽くす闇も同じく汝にとり憑いて来るのです。汝の心の支えとなっている者、光の子がいるようですね？　お互い魂の波動を感じます。宿命的な者、汝へ大きな光の力を送り続けていますね。これからもこの者を信じなさい。必要があれば力を放つよう要請するといいでしょう。これから汝の生命の旅の礎を作ることでしょう。さあ、行きなさい。大いなる困難も汝等であれば無事乗り越えられるでしょう。信じて行きなさい。次なる地はルーマニア。ラミアを見つけるのです。気を緩めてはいけません。これからは汝の力が問われることとなりそうです。自ら培った力に自信を持ちなさい。疑念を持つと力は弱まります。これからは汝の前に立ちはだかる者は神とは言えないかもしれません。事によっては対峙することも念頭に置いて行きなさい。いいですね」

美咲は礼を言い、ユーラテから受けた言葉を短く繰り返した。美咲は元来た道を戻っていく。不思議なことに戻るときは簡単に帰って来られた。

美咲は先言の導きによりクライペダを離れルーマニアへ向かっていた。あの事件さえなければ。あの大闇が自分を襲わなければこんな目に遭わなかったのに、と多くの思い出が頭を過っていく。

美咲は闇の力を恨んだ。その負の感情は憎しみへと募り美咲の心を支配する。「いけない、こんなんじゃ」美咲は負の感情を抱きつつも冷静に物事を見つめ負の感情を打ち消していった。「英良さん。待っていてください。必ず英良さんの元へ帰ります。見守っていてください。一緒に生命の旅を続けてください」美咲は疲れから眠りに就いた。

ビルニュスにバスが到着し美咲は空港へ向かった。空港の係員は全て英語が通じたのでルーマニアへの渡航はすぐに手配が済んだ。見上げると各国行の便と出発時間が表示された掲示板がある。美咲が座っている五人掛けの椅子の前を二人の小さな子供の手を引いた母親が通り過ぎる。スーツ姿の四十代の男性が黒いビジネスバッグを持って歩いて行く。片手には携帯を持っている。搭乗口からボディーチェックをうけ三十分程で飛行機へ乗り込んだ。

美咲はブカレストに着き宿を取ることにした。観光案内所を見て三つ星の手ごろなホテルにチェックインした。ブカレストは大きな都市で人口は札幌並みにあり東欧ではあるものの英語はなんとか通じる。

美咲はブカレストから二百キロメートルほど離れたルムニク・ヴルチャへ陸路で移動し、ここからトランシルヴァニア・アルプスを目指すことにした。この町は歴史の古い場所だということを建物の風情から感じる。言葉はほとんどルーマニア語であったけれど英語でもなんとか用が足せて安心した。美咲はアルプスへの登山道をホテルの従業員に聞きアルプスをバスで縦断しシビウまで行き麓のチスナディエへ移動することにしたがホテルの年配の従業員は日本人の若い女性がなぜアルプスまで行くのかとても不思議で興味があるような態度で聞いていた。美咲は答えに苦慮したが相手も深く聞いてはこなかったのでありきたりの理由で説明した。その従業員は七十代くらいの男性であり白髪で白い髭が特徴的で静かに美咲を見つめその表情には美咲の心中を詮索する意図は何も見られずただ暖かく遥かなる連山を思わせるように大きく美咲を包み込むようだった。気を付けるように、とだけその従業員は美咲に言った。バスでの移動は長く感じる。車内でも刺すような視線を感じ山に入るにつれてその力は強くなり敵意のような美咲を拒絶する意志を感じた。

「美咲よ、強い力を感じる。深い渓谷からの力を。獣の身を纏った強い力を捉えた。まだはっきりとその姿は見えぬ。次第に強くなる力。我等を監視する者は恐らくその力であろう。気を緩めるな。今後は主にも力を放つよう要請しよう」先言は告げる。

はい、とだけ美咲は答えた。

深い山並みをバスで移動していく。途中オルト川沿いを通った。周りは高い山に囲まれ山影が濃く日中でも心なしか深い寂寥感を抱く。人の心を吸い込むような強い自然の力を感じる。チスナディエはシビウから十キロメートルくらいの所にあり比較的楽に移動できた。円錐形の目立つ屋根が所々に見え異国情緒を十分感じる。街の人口は一万数千人ほどで日本でいうところの静かな田園地帯といった感じだ。美咲は街を歩いて探索する間も刺すような視線をずっと感じた。むしろ力の強度が強くなったようで押し返されるような圧迫を感じた。ここで間違いない、と美咲は確信した。ここまで美咲に憑いて回った悪意ともとれる視線は間違いなくラミアのものだ。

街はずれに開けた空き地があった。なるべく人目につかない静かな場所に予め用意していたテントを設置し一晩を過ごすことにした。ラミアも既に美咲の行動を十分掴んでいるに違いない。陽もくれ薄暮のなか寝床を作る。寝床と言っても寝袋を敷きそこに潜り込むといった具合に。時計を見ると午後八時二十五分、寝袋に入り美咲は疲れからすぐに睡魔に襲われ深い眠りに就いた。

「美咲よ、強い力を感じる。間もなくその者はここへ到着する。少なからず対峙になった時は主に力を要請しよう。少しの間、刻はある。十分休むといい」先言は告げる。

次の日に美咲は必要なものを買い出しに行った。必要なものと言っても水と簡単に食べられる食料くらいのものを。そこで美咲は英語を話せる若い女性と出会った。名をエリーザ。彼女はルーマニア人男性と結婚したが離婚し、今ではある会社で会計事務を担当しているらしい。英語が通じ美咲はエリーザと性格的にも合うところがあり、ルーマニアへ訪れたことを簡単に説明した。エリーザはラミアのことを聞いても疑ったりせず笑いもせずに話に聞き入っていた。「それじゃ、今夜私も一緒に居てあげる。少し離れた場所でね。いいかしら?」エリーザはなにか力になれることなら助けようと思っていた。

「ありがとうエリーザ」美咲とエリーザはスーパーの横にあるフリースペースの白いチェアに座りとりとめのない会話と今夜の段取りを簡単に行った。エリーザは美咲に何が起きようとも手を貸さないこと。美咲に生命の危険が起きた時はすぐに警察へ連絡することだけ話し合った。エリーザは詳しいことを深く聞いたりはせず、手助けする代わりに美咲から核心的な本来の目的全てを曝け出させようとはしなかった。美咲はそんなエリーザに至極好感を抱いた。美咲は今夜起きる事象は普通の人には理解できない現象ばかりなのでそのつもりでいるように助言し、エリーザは軽く頷いた。

午後六時。エリーザは自家用車で美咲のいる場所から百メートルほど離れた人目につかない場所で美咲のテントを見ていた。

午後六時五十分。エリーザは黒い煙のような縦長のものが美咲のテントの前上方に近づいて来るのを捉えた。それは最初、縦長であったがすぐに楕円形になり上下左右に広がり吸い込まれるように消えていくのを目の当たりにした。

美咲は鋭い突き刺す視線を感じた。いままで感じてきたあの視線で今日は最も強いものだった。美咲はその悪意ある視線を捉えようとして外に出ると背後から凄まじい殺気を感じた。振り返るとラミアがいた。

「私の地に踏み込みし異なる力を持つ者よ。何故、ここへ訪れ、何を為さんとするのか答えよ？　初めて目にする光。人間の力を超越せしその力。そなたの他にも魂の者、複数存在するな？　何が目的でここに来たのか答えよ。私に気が付いていたことも既に分かっている」ラミアは問いただした。美咲は同類の力ではないと感じた。言葉を掛け少しでも食い違いがあれば対峙になる。細心の注意を払わなければならないと判断した。

「私は生命の旅をしています。私に巣くう闇を払うために。それは負の感情と言うべきものでしょうか。憎悪、偽善、驕奢《きょうしゃ》、傲慢、奸策《かんさく》、人の心の中にある闇。私は故がありその負の感情を払拭しなければなりません。それも限られた時間内に。貴方が治めるこの地を傷つけるつもりは毛頭ありません。ただ、ここをくぐり抜けることができれば少しは負の感情も払拭されることと信じます」美咲は言った。

「そなたには不思議な力を感じます。私には持ちえないもの。ある意味相反する光を放つ者よ、そう言いましょう。他に感じる力は？　そなたの後ろには大きな力を感じます。そなたが仕えし者、或いはそなたと魂を一とする者。または何か違う力というのでしょうか。遠方より光を放つ者、遥か遠い地からそなたを守らんとする力、それにそなたに、現に付いている力、そなたを導く力。それらが三位一体となり、そなたには大いなる力として私に波動のように伝わってきます。何故、そこまで気持ちを寄せることができるのか？　私には理解できない」ラミアが言う。

エリーザはテントの上方で光がスパークするような青白い光を見た。最初は小さな雷が一瞬煌いたように見えた。その光はバチバチと音を立て長い光が生き物ようにうねり暗闇の中に感情を持って反目し動き回っているようだ。そこでは何が起こっているのか？　近寄りがたい、近寄って見てはいけない、とエリーザはとっさに感じた。

「私は一人の力では生命の旅を完遂することはできないのです。同じ光を有する者、負の感情を持っていない者、言葉に意志を乗せて施行する術のある者が私を悪意の力から守り行く先へと導いてくれます。それも遥か極東の地から」美咲は言う。

　青白い光は雷のように長くなり地面へと繋がる。意志を持ってうねり何かを否定するような動きを見せ反論する意志を地面に叩きつけているように見える。その場所だけが現実とはかけ離れた異空間のように見え、現実とは隔絶されて来るものを拒絶し限られたもののみが入れる空間だった。異なる二つの力がせめぎあい、押し込まれると押し戻す。妥協や融和の気配が見られずどちらかの力が淘汰されるまで続く死闘のようだ。

「そなたには一貫した強い意志が見られます。何がそうさせているのでしょう。そなたの後ろに見える遠方より来たりし光の力でしょうか？　いいでしょう、ここはそなたの意志を覗かせてもらいました。分かりました。そこまで強い意志を持っているのでしたら先へ進みなさい。その強い気持ちを忘れなければ道は開かれるはずです」ラミアは言った。

　風も吹いていないのにテントの支柱が傾いた。電流の煌きが二本三本と増えていき白い煙のようなものが見える。エリーザは何かが起こっていることを確信した。何も起きなければいい。エリーザはただ祈るばかりだった。二時間ほど同じような現象が続き電流が引き起こす火花はいつの間にか消え、エリーザは頃合いを見計らって恐る恐る近づいて行った。美咲は大丈夫かしら？　支柱は正面から見ると後ろ斜めに傾き、気のせいか物が焦げた臭いがする。エリーザはさしたる異常は特に感じなかったことから思い切って中を見た。美咲は俯いて顔を左斜めに向け倒れていた。エリーザが声を掛け肩を揺さぶると、美咲は眼を開けた。良かった美咲、とエリーザは言い二人は抱き合った。

「美咲、すごく心配したけど良かった。とにかく良かったわ。今日は家に泊りなさい」エリーザがそう言うと美咲は頷き、テントを片付けエリーザの自宅へ戻った。エリーザは事の一部始終を美咲に話して聞かせた。実際にラミアとやり取りをしていた現状とはかなり違うことに気が付く。美咲は対話して収めたがエリーザは対峙に近い状況に感じたようだ。美咲はエリーザが作ったスープを飲むと疲れが襲ってきた。

エリーザの話によると天気は夜空に星が見えるほどの快晴であり落雷が落ちるような天気ではなかったらしい。それにも拘わらずテントの上には小さな雷光が走り、それが生き物のようにうねり、最初は一本の電気の流れが数本に増えていったという。ちょうど美咲が刺すような鋭い視線を感じてきた時だった。やがて黒い塊のような影を感じ、それがテントを上から包み込むように覆ってきたようだ。その状態が二、三十分ほど続きその黒い塊は一本の太い縄上のものになり、竜巻のように上へ上がっていったように見えたようだ。その後に風もない天気であるのにも関わらず突然、テントの支柱が何かに煽られたように大きく奥へ傾いたのだという。美咲がラミアと対話し自分の意志を伝えラミアも美咲の言葉を受け取った時間と符合している。不思議なことはエリーザが見た事象と美咲が実際に体感したことが違っていたことだった。エリーザが見た物理的な事象。数本の電流の煌きや雷のような電流のうねり、は美咲がいたテント内では全く感じることなく、風が吹き支柱が傾いたことも一切感じることはなかった。エリーザが見た黒い影はラミアだったのか、または違う力の作用による現象だったのか、或いはエリーザの錯覚だったのか。明確な検証はできない。今までもそうだったように、美咲が見たり聞いたりした実際の経験は科学的に説明が不可能なものであり、事実美咲自身も今、自分の身に何が起こったのか理解不能な現象の数々である。実体のない者、人間界に存在せず人間の意識や精神が本能的に否定するような自然科学を超越した事象。人知を超えた誰しも経験しなかったものとの意志の交信。あり得ないと全てを否定され、科学の名において封印される人の五感への理解不能な働きかけ。美咲はこれらを全て乗り越えまたこれからも多くの困難に打ち勝たなければならないと思う。そう考えると今ここに居る霧生美咲、自分自身は誰で本当に存在し何をしようとしているのか？　それは自分の意志なのだろうか？　今までのほんの僅かな日本での時間の経過の中での自分は一体何だったのだろう？　今思えば理解できない出来事の連続だった。どうして自分なのだろう？　闇があるのなら何故、私を襲撃したのだろう？　私はそんな力ある特別な存在なのか？　誰か教えてほしい。本当に日本に帰り平穏で安寧の生活を取り戻すことができるのか？　一体誰が、何がそんなことを私に保証してくれるのだろうか。この生命の旅。これが本当に終わりを迎える日が来るのだろうか。美咲は希望の光の中に一点の疑念を抱かざるを得ない。

「明日チスナディエまで送ってあげる。今日はもう寝ましょう」エリーザが言った。

美咲は頷いた。生命の旅、これは過酷なものと思っていた。しかしそれとは反面に人の優しさに触れる。美咲は見ず知らずの人から大きな力を貰い生かされている。一つ課された試練を終え安堵の中眠りに就いた。先言は美咲へ静かに告げる。

「主と美咲に告ぐ。無事に乗り越えられた、しかし、気を抜くことなくまだ旅は続くと心に刻め。油断や安易な心の隙に悪意は容易く入ってくる。良いか主よ、ここまで来られたのは奇跡に近い偶然もある。主が何故、今ここに存し生を受け聖女に力を放っているのか。その意味を考えろ。聖なる女の生命の旅が途絶えた時は全てが不毛のものと終わる。良いか主よ、これからも崇高な光の意志を忘れるな」

英良は夢の中で先言から諫言を受けた。先言の隣には一人の成人女性が一緒に歩いている。美咲だった。いつの間にか美咲は赤ん坊になっており先言が赤ん坊を抱いている。先言は美咲のぬくもりを感じているのが分かる。英良にはその子が美咲だとすぐに分かった。先言は英良を諫めると後ろへ振り向き歩いて行った。

二人は英良からどんどん離れて行く。映画の一場面のように画面の中心へ向かって二人のシルエットは小さく重なっていく。やがて二人は小さな点のように一つになり英良の視界から見えなくなっていった。

美咲はエリーザとシビウで別れた。僅か三日の短い間だったけど美咲には一週間かそれ以上に長く感じた。エリーザは英語が喋れることもあり面倒見が良く姉妹のように接してくれた。それでいて煩わしいことは言わずに美咲のことも何も詮索せず今までの詳しい経緯を根掘り葉掘り聞こうともしなかった。どうしてあなたがこんなことをするのか？　とか何故、辺鄙な山の中でこんなことをするのか？　普通だったら鎌をかけ聞き出そうとするところを彼女はあえてしなかった。と美咲は判断した。そんなエリーザの心配りが美咲には嬉しく感じた。それともう一つエリーザから感じたことは、彼女も何か特殊な能力を持っているのではないかということ、たぶんそうだと。そうであるに違いないと美咲は感じた。おそらくエリーザも光を持った人間であることは間違いない、と確信している。ラミアの気配を感じ、雷光のような電気の流れを見たということ（ラミアは光かそれとも闇か？　その判断は明確にはできない。何故なら、闇から生まれる光があるのと同様に光から闇が生まれることがある。この時点では、ラミアが闇という判断にはならない。むしろ光との判断もできる。ラミアは異質な力と思い美咲に近づき雷光が発生した。雷光も特殊な力を持つ者が認識できる一過性の事象であり絶対的なものではない。この時点では双方の力が交わり突然、化学反応を起こしたようなもの）だから。それにエリーザは美咲を信頼していた。危険な場所で野営しているのにも関わらず自分の意見を差し込んでアドバイスするような余計なことはしなかった。物事を大きく捉え何が最善な方法であるのか分かっていて美咲に接してきた。そのようなエリーザの心遣いが美咲は嬉しかった。

チスナディエに着くまではエリーザはここで起きたことについては一言も触れずにこれからも頑張るように、と一言だけ言うと美咲と抱き合い別れた。美咲はエリーザの運転している車に手を振りながらずっと見ていた。周りの車に紛れ両側の歩道は雑踏と化した。美咲はエリーザの車が小さく見えなくなるまでずっと手を振っていた。エリーザもバックミラーを見ながら美咲の姿をしきりに気にしながら走っていく。美咲は暫く佇んでいたが、こだわり、未練、執着は残さないようにしようと気持ちを切り替えた。生命の旅はまだ続く。過ぎ去ったことは記憶の片隅に置いておこう、そう決めた。そうですよね、英良さん。美咲は一人呟いた。

美咲はバスで移動していた。疲れからいつの間にか眠りに就いて夢をみた。美咲は英良の後ろを付いて歩いている。顔は見えないが、確かに英良だということは間違いない。英良の両肩が見える。二の腕が前後に揺れているが肩は動くことなく前へどんどん進んで行った。美咲は遅れないように歩いて行くが段々英良と離れて行く。二メートルほど離れていたのが五メートルになり三十メートル離れて行く。美咲は走って追いつこうとした。行かないで英良さん、美咲は声を出して叫ぼうとしたが声が出ない。さらに叫ぼうとした時に自分の声で目が覚めた。美咲は額に汗をかいていた。ダンサーである美咲は顔にはそんなに汗をかかない体質だったが、その夢は嫌な予感をもたらした。窓から外を見ると道行く人がいる。子供の手をひいて歩く女性、カートをひいて歩く高齢の女性、バスを待っている数人の乗客がいる。美咲もこの中の平凡な生活を送る一人の女性でありたいと思い、そんな日が来ることだけを願う。

美咲は空路でストックホルムへ着いた。吹く風は北欧ということもあり冷涼な感じがする。周りは湖から流れ出る川に囲まれ静かで青い水面が続いている。美咲は最初に宿を探したが、英語が通じたため簡単にとることができた。

美咲は地元で人気スポットのヴァルデマーシュッデを見て回った。人間が作り上げた建物と空の色を映し出した水面と緑が全て調和した異国情緒を感じさせる公園だった。とりわけバルト海とボスニア湾に挟まれた水の都市と言う印象を強く感じる。海からの風が吹いて来ると涼しいというより寒く感じるくらいだった。美咲はふと一体の石像に気が付いた。アルフレッド・ノーベル。そういえばここはノーベルの誕生の地。莫大なエネルギーを放出し、人知では不可能な作業を可能にして経済の発展に多大な功績を残したが、軍事的な目的に転用され多くの生命が奪われた諸刃の剣ともいえる。そのダイナマイトを発明し人類史上に大きな功績を残したノーベル。世界中に経済的発展をもたらしその結果、紛争では殺りくに与した兵器を呼び込んだ。

ノーベルは軍事産業に転用され悪意に利用されることを決して望まなかったに違いない。彼は自分の発明を満足したものと思っていただろうか？　人類の発展に寄与するものとして良かれと思いながらダイナマイトを発明しそれの成果に満足していたのだろうか？美咲はノーベルの石像の顔を見上げた。何も言わないノーベルの顔は見方によっては今の世界に対して向けられたしかめ面にも見える。今の世界で自らの遺産が軍事産業に転用され富を作り上げる死の商人の存在を快く思っていないに違いない。それは発明の喜びと言うより悔恨の感情に近いともいえる。自然と人々の生活が調和した美しいストックホルムの街に一人だけ苦虫を噛み潰したような表情に見える。ノーベルは自分の研究を完璧なものと感じていたのだろうか？　まだまだ志半ばで彼の半生を終えたのかもしれない。稀代の発明が人の生命を奪うものに悪用されると思ったら、研究を続けたのか誰にも分からない。ノーベルも研究に没頭し事の顛末（軍事目的で悪用されること）には考えも及ばなかったのかもしれない。未来に起こるべくして起きた結果か若しくは未来を何かに意図的に改竄された悪い結果と言えなくもない。世界の未来は誰にも分からない。

結果的に偉大な発明が悪しき行為へと転用されたことに間違いない。善と悪の概念は経済発展していく上で何の意味もなさず力の保持と利害関係に凌駕されて後から何も議論されない。もし、悪意が蔓延し自分の発明が人の生命を奪う目的で転用されるのを認識した時はその研究を封印しただろうか？　美咲は自問自答した。

美咲は宿へ帰ると疲労から身体にだるさを感じた。風邪気味かもしれない、と市販の風邪薬を飲むとベッドに入り仮眠をとると浅い眠りの中で先言の声がはっきりと聞こえてきた。

「美咲に告ぐ。先読みの力によると、この後、とある者がここへ訪ねて来るであろう。その者も僅かであるが光を持つ者といってよい。誰かに導かれてここへ来る。誘ったものは掴めないが人間であり大きな力を放つ者だ。おそらくは主《あるじ》や美咲と同等かそれ以上の力を有する者のようだ。訪ねてきて言葉を交わしても問題はなくむしろ手を貸してくれる存在と言える。しかしながら、光の動きを嗅ぎ付けて古代の不穏な闇がここストックホルムの街を包囲している。判断を誤り闇を刺激するようなことがあれば、波紋が生じ巻き込まれることになる。まずは静観し闇をかわすのだ。今のところは禍根になる予兆はない」先言は告げた。美咲は訪問者と誘った者は誰なのか、先言に尋ねたがそこまでの詳細は分からないようだ。闇の詳細も同様に今は掴めないようだ。先言は続ける。「先読みの力によると、訪問者は二の刻後に来る。それは若い女であることを掴んだ。悪意は感じない。何も問題はないだろう。この者はまだ修行途中であり、光の力は未熟に感じる。どうやら主や美咲に師事を仰ぐためにやって来るようだ。話を聞いてあげるが良い。年は二十歳前後といったところか。その刻まで少し休むが良い。光を感じ闇も僅かではあるが動いている。訪問者に追いついて来る悪しき力には気を付けるがいい。隙をみて入り込もうとする。そうなれば古代の闇の群れを刺激し不要で無駄な対峙につながる。ことを荒立てないように気を配るが良い」先言は言った。

はい、と美咲は答え薬が効いて来たのか眠りに就いた。

ストックホルムの街を一人の若い女性が歩いている。ブロンドの髪で眼はブラウン。身長は百六十センチくらいで白いブラウスと白い花柄の入った緑色のスカートをはいていた。その女性は広い通りを歩き、やや緩い上り坂になった歩道を右へ大きく曲がり突き当りを左へ行くと目的の場所を見つけたようだ。一瞬、安堵の表情が現れた。

フロントには金髪で身長が百八十五センチくらいの端正な顔立ちの男性従業員が対応していた。どこかのファッション雑誌から出て来たようなハンサムな青年のようだ。年齢は三十歳前後でちょうど電話にでていたため電話が終わるまでその女性は待っていた。電話が終わり男性従業員はちらりと訪問客を見て社交的な挨拶をして用件を尋ねた。表情を変えずに視線は眼が合うとすぐそらした。表情は変わらないと言うより変えないといった印象だ。その女性は美咲の部屋番号を聞き、ただ、会いに来ただけと用件を伝えると、男性従業員は表情を変えずに美咲の部屋番号を教えた。

美咲の部屋は三階の三〇一号室。エレベーターで三階まで行くと三〇一号室はエレベーターを降りて右へ行き突き当りの通路を左へ曲がってすぐの部屋だった。三〇一のプレートを見て間違いないと思いドアをノックするとすぐに若い女性が出て来た。ドアにはチェーンが掛けられてドアの隙間から東洋人の女性が心持ち硬い表情で顔の半分を覗かせた。「まあ、なんて美しい！」とその女性は驚いた。自身も十九歳という若さだったが、美咲はかなり若く見え、十代かせいぜい二十歳くらいにしか見えない。髪の色は黒いがやや茶色が入って肩まで伸び、毛先は少しウェーブがかかっている。眼は大きく瞳は黒。鼻筋が良くとおり顔全体のバランスがほぼ完ぺきに整っていた。

「こんにちは、驚かれましたか？」標準的な英語で美咲に話しかけた。「私はヨーコ、貴女に会いに来ました」

美咲は予め先言から聞いていたので驚きもしなかった。ヨーコを見て言葉が出ずただ見ていた。暫く沈黙が続き、「入りますか？」美咲は初めて口を利いた。ヨーコは沈黙した雰囲気を和らげるような微笑みを浮かべ頷いた。美咲はドアチェーンを外し開けるとヨーコは慣れた身のこなしでするりと部屋に入って来た。

「貴女が訪ねてくることは最初から分かっていましたよ」美咲は言う。ヨーコは美咲が怪訝な表情もせずすんなり自分を入れてくれたことを不思議に思っていたが、全てが見通されていたことが分かった。流石ですね、と言葉を言いかけた。美咲はその言葉を聞いたようにうっすらと口元を緩めるとその表情を見てヨーコは改めて美咲に惹きつけられた。

「ここの場所をどうやって調べたの？」美咲は素朴に思ったことを聞いた。

「そうでしたね、ここに来た理由を言っていませんでしたね？　私はある人に貴女方の存在を聞いたのです。その人の名を今は言えませんが、Yさんと言っておきましょう」ヨーコは話し始めた。美咲はヨーコの顔をじっと見ていた。黒い瞳が透明に透き通っているようで吸い込まれそうな印象だ。

「そのYは貴女方と同じ力を持つ。そうですね、邪気を払う能力の持ち主と言ったら分かりますか？」

分かる、と美咲は言う。

「ところで今、私は神官になりたくてそのYに仕えているのです。でも私の力は僅かなもの。それで貴女がここへ来た機会をみてYは行くようにと、そう指示しました。この場所も彼が教えてくれました」

美咲は黙って聞いていた。口元には柔和な笑みを浮かべている。

「美咲さんは四皇神官って分かりますか？」

知らない、と美咲は首を横へ小さく振る。

「神官という言葉の定義は詳しく喋りません。ただ、本当の神官は姿を隠し現れません。というより正体を明かさないから分からないだけ」ヨーコは時々、訛のある英語を喋る。

「Yはその四皇神官の一人なのです。あと残りは豪州とインドにいて、四人目が貴女のよく知っている男性です」ヨーコの上瞼が少し開いた。

「峠原英良のこと?」美咲は答えた。

「そう、峠原英良」

数秒の沈黙があった。

「それでここに来たわけね?」

「はい」

「だけど、私に会っても何も貴女の力になれないわよ」

「力になれなくはないです。一緒にいるだけで十分です。貴女がここに居る間お手伝いさせてください。日本人が良く言う修行ってやつをやりたいの」

「分かったわ。貴女が良ければそれでいいのよ。ただ、私も長く居られない。それでも良ければだけど」

ヨーコは嬉しそうに頷いた。

「何か飲む?」美咲は訊ねるとヨーコは軽く頷いた。美咲は冷蔵庫からミネラルウォーターを二本取り出し一本をヨーコに出した。ありがとう、とヨーコは言った。ヨーコは自分の出身地や親などのことを取りとめもなく喋った。時系列で言っているらしいが微妙に錯綜し、出来事の時系列も前後する。その時は北欧訛りが強く出て来た。彼女はスウェーデン北部の生まれで親は二人とも教師をやっていたそうだ。二歳年上の姉がいるという。

「それでどうして神官になりたいの？」美咲は聞いた。

「神官というか、なんて言うのかしら、光の力を身に付けたいの」

「光の力？」

「そうよ。貴女はその力を持っている。私には分かるのよ。自分でも分かるでしょう？」

「分かっているけど光の力って見えるものじゃないし、それを何かに使おうと思ってもできないものよ」

「知っているわ」

「力を身に付けてどうしたいの？」

「世の中を良くしたいの。ここスウェーデンなどの北欧は福祉が整備されている。そのため税金が高いわ」ヨーコは言い美咲の顔を見つめた。美咲は疑わず静かにヨーコを見ている。その眼は澄み渡り吸い込まれそうだ。見た目の美しさと身体から放たれる説明のつかないフィーリングを持っている。これも美咲が生まれつき持っている人を惹きつける力なのかとヨーコは再認識した。

「それでたくさん稼ぐ人はこの国を出て行くものよ。赤ちゃんや障害者や高齢者は福祉が充実していることで恩恵を受けるけど、労働者は負担を強いられている。それって不公平感があると思わない？」

美咲は軽く頷いた。

「不公平感があるってことは心の豊かさが足りないってことじゃないかしら？」そういうとヨーコは暫く黙っていた。

「そうね、福祉国家だからどこかに負担が行くと思うけど」

「その不公平感をなくしたいの」

「どうやってなくすつもり？」

「国の制度は変えようがないから、人の心の平穏を作りたいの」

「具体的には？」

「権力やお金にはない力で人の心の平穏を持ってきたいの。かなり抽象的なことだけどそれをやるのは正にその力が必要なのよ」

分かる、と美咲は言う。

「貴女が生命の旅をしていることはYから聞いて知っている。それは貴女にとり憑いた闇を払うことと世界の闇を払うことに密接に繋がっている。そんな貴女にはこれからもたくさんの悪意が近づき貴女の行く手を拒もうとするでしょう。現に今も周りを古代の闇が取り巻いている。その力から貴女を守るようYが暗に私をここへよこしたのかも」

ヨーコは視線を右に向け焦点をどこに合わせることもなく話していた。

「ごめんなさい」

「何が？」

「自分のことばかり話して」

「いいのよ、別に」

ヨーコは周りを見渡し、美咲が仮眠をとっていたことに気が付いた。美咲の顔色も元々白いうえに血色が悪いようだ。

「時間を取らせてごめんなさい。寝ていたのですね？　なんか顔色が悪いようで。お休みください」ヨーコは寝るように促した。

美咲はヨーコと会話をしていると疲労を感じてきたので、促されるままにベッドの中に入った。ヨーコは机の上を片付け椅子の背もたれに無造作にかけられている上着などをハンガーにかけるなど手際よく整理整頓を始めた。音を立てないように美咲の仮眠を邪魔しないように細心の注意を払いながら。美咲は寝ていてもヨーコの心遣いを感じる。

ヨーコは部屋の空気を入れ替えるため窓を開けた。薄く引きのばされた雲の隙間から陽射しが射し込んでくる。眼下の通りは普段と変わらない。ホテル側の歩道から反対側へ横切っていく人達の姿が見える。

通りを歩いている黒づくめの集団は軍隊のように見える。何かを呟くようにして歩いている。呟くというより何かを唱えているようだ。その異様な雰囲気に同じ歩道を彼らに向かって来る人たちは少し手前で道路を横切り反対側の歩道へ移って行く。ヴァラサ……ド……シャラ……ド。近くでは微かに彼らの唱える言葉が聞こえる。地の底から湧き上がる声のように聞こえる。最後尾の男が鉦《かね》を持って歩き唱える声に合せて鉦を鳴らした。ヴァラサ……ド……シャラ……ド。先頭の男が唱える。ホテルまでは緩い上り坂で正面入り口からは坂の下方が約二百メートルほど見える。そこには黒い帯状のものが左右に連なっていた。その帯状のものは人の集団で円形状に美咲がいるホテルを大きく取り囲んでいた。全身黒装束で頭には黒いフードを被り顔が見えない。美咲を封じ込める黒い闇の集団のようだ。ヴァラサ……ド……シャラ……ド。「大いなる闇の力が全ての光を飲み込んでくださるだろう」前から二人目の男が呟いた。

男たちはホテルのエントランスから入りフロントへ来た。先頭の男がフロントの従業員に何かを呟いた。従業員の男性は凍ったように立ちすくみ眼は何処を見ているのか分からない。マダム・タッソー館の蝋人形のように動かなかった。先頭の男が何か言うと彼は後ろを振り向き鍵を取り出し男に渡した。その時、鉦の音が一度小さく鳴った。男たちはエレベーターで三階まで行き三〇一号室の美咲の部屋まで辿り着いた。先頭の男がドアを三度ノックした。部屋にはノックの音が不気味に響き渡った。悪意を伝える音が部屋中の空気を震わせるように。

「どなたですか?」ヨーコは訊ねた。ルームサービスを頼んでいないので誰も来るはずがない。ヨーコはドアにチェーンを掛けた。「誰?」ヨーコは再度聞いた。気味の悪い沈黙が続く。彼女はドアに耳をつけた。人の声のように何か聞こえる。くぐもった音だった。それがヨーコに恐怖を与え逃げ出したい気持ちにかられた。その声は英語でもなくスウェーデン語でもなくヨーコの知らない言葉だった。あっ……、突然ドアが開きヨーコはその反動でよろめいた。

「誰、あなた方は?」ヨーコは恐怖を感じていたが怯まず言う。ドアチェーンがぴんと張りその隙間から数人の黒装束の人間が立っているのが分かった。

「無意味なる行動は慎むがいい」中央に立っている男が言った。他の男たちが呪文のような言葉を唱える。低いが部屋中に響き渡る不気味な呪文だった。聞いているだけで気分が悪くなった。「大いなる闇の力が全ての光を飲み込んでくださるだろう」端の方から違う男が言った。端に立っている男が言葉に続きはやしたてるように鉦を鳴らす。

「儚き闇を纏う者達よ。拙き力を放つ者よ。人の心の隙に入り込み全てを飲み込もうとする悪しき者達よ。欲にかられ欺きの念で世界を支配しようとする者達よ、我等の力に淘汰されよ」ヨーコが言う。

五人の男たちは一斉に呪文を唱えた。不気味な合唱のように聞こえる。「あああっ……」ヨーコは叫び鈍い音を立てて仰向けに倒れた。美咲は異様な雰囲気で目覚めた。まだ意識が睡魔に支配されているように部屋の中が歪んで見える。耳障りな鉦の音が聞こえてきた。その音はだんだん遠ざかっていく。

「美咲よ、闇の集団は去って行ったが小さな力ではなかった。ヨーコがその力に及ばずとも必死に抗ったが残念なことに犠牲となってしまった。夢ではなく実際に空間は歪んでいるのだ。闇は時空に歪を作りヨーコはそこへ巻き込まれていった。おそらくもう生きてはいないだろう。この犠牲を無駄にするな。暫く休み先を目指せ」先言は告げた。それを聞いた美咲は暗い深淵の中へ沈むように意識が遠のいていく。

美咲は暗い道を歩いていた。明かり一つない暗闇だった。足が前へと進んで行く。少し歩くと両側から煙かドライアイスのようなものが舞い上がって来た。美咲の行く手を遮るように。美咲は立ち止まりそれが収まるのを待った。白い煙のようなものは上へと立ち上りやがて中心部が晴れて前方の暗闇が見えて来た。その暗闇の中から小さな光の点が現れ段々と大きくなり白人の成人男性の姿へと変わっていった。

「ようこそここへ」その男性は美咲に声を掛けた。フランス訛りの英語だったが感じが良かった。「驚かれましたか?」自然に微笑みかけた。

「はい」美咲は応えた。

「申し遅れました。私の名前はイヴ。ヨーコからはYと伝えられた者です」

「貴方がYさん？」

「そうYです。ヨーコが迷惑をおかけしました」

「そんな」

「私が貴女の元へ彼女を送らなければ、こんなことにはならなかった」笑顔に少し翳りが見えた。

「彼女はまだまだ未熟で闇の力に抗う力を持っていなかったのです。それで闇に気づかれその結果あのように」

「私こそ彼女を救えなくてごめんなさい」

「一人の人間の命が失われたことに怒りを禁じ得ませんが、終わったことは仕方ありません。前を見据えましょう」

はい、と美咲は言う。

「ところで、ヨーコから話を聞かれましたか？」

美咲はどの話か分からず首を傾げた。

「そうでしたね、貴女はたくさん経験してどの話か分からないですね？」イヴは微笑みかけた。「四皇神官のことを聞きませんでしたか？」

「ああ、そのことはヨーコから聞きました。それが何か？」

「順を追ってお話しします。全世界には多くの光ある者がいてその中でも豪州とインドそれに私そして貴女の大事な男性、英良さんが世界中に散らばる光の子を統べる四皇神官と言うことになります。四皇神官の名前はまだ伏せておきましょう。いずれ貴女と英良さんへ言葉を交わしてくるでしょうから。ここまではよいでしょうか？」

　分かります、と美咲は答えた。

「先ほど、先代の四皇神官が退き我々が交代したわけです。それもエリーナ・モーセの意志によってです」イヴは金髪の前髪を両手で左右にかき分けた。

「エリーナは我々の光の強度を計り、四皇神官たるにふさわしいと判断されたようです。四皇神官といっても、はっきり言って実感はないのですが」イヴは言葉を一旦止めた。

「ところで貴女は今、生命の旅を続けていますね。そのことも我々は承知しています。大闇につけ狙われ闇の根が貴女にとり憑いているのが分かります。それも十ある闇の一体。我々に何か力になれることがあれば言ってください」

「はい、仲間が多ければ心強く思います。ありがとう」

「それに、貴女には魂の者、というか強い意志のような力を感じますね。貴女以外の意識とは別のもう一つの意識体のようなもの。うまく言えませんが、貴女ともう一人いる。その誰かは実体を持っていない。そういったもの」イヴの言葉にフランス訛りが強く出た。

「はい、いつもそばにいて支えてくれる人。先言さんと言います」

「先言さん。そうでしたか。それと、欠片のようなものを感じる。うまく説明できないけど力の塊というか、それ自体が力を放っている白い光。今はどちらかと言うと青い光を帯びています。光が波打ちその時々に色が変わるのです。先ほどから気になっていましたが、金色や銀色になり大きさも変わります」

「欠片？」

「はい、それも生きている意識体のようにです」

美咲の視線はどこか遠くを見つめていた。

「たぶん、その力は英良さんですね？」

美咲は頷き、顔には明るい笑みが現れた。

「遠くから光を放つ者、独特の印象を感じます。私が持つ光でもない他の二人が持つ光でもない全く異なる力を放つ、おそらくは英良さんもそのことを分かっていないはず、失礼ですが。何故かと言うと、力が安定せず固定していない。分かり易く言うと、自分が立っている場所を掴んでいないサッカーのプレイヤーのような感じです。ポジショニングが分からないから力を発揮できない、と言えば分かりますか？　早く開眼を急がなければこのまま時間だけが過ぎていきます。大げさではありますが自分の力が分からないままに死んでいくこともあり得ます。分かりますか？」

分かる、と美咲は答える。

「既に我々三人は力を操ることができます。豪州の神官は自分の意識体を光化してそれに言霊を乗せる。インドの神官は四歳で動物と意思を交わし十歳で植物と意思を交わすようになりました。今では精霊達を傍に置き従えるほど開眼しています。英良さんはどのような特化された力を持っているか分かりますか？」

分からない、と美咲は答える。

「その力は遠方から光を放ち、それに言霊を乗せて施行する力。この力は強く、人を救ったり滅したりすることもできる強力なものです。単に機械的に言葉を放っただけでも効力があるものです。紙に書いただけでも力を持つ、とそういうものです。英良さんは自分が従えている日本の仏に言霊を放ち大闇のカオスと対峙したことを覚えていますね？　その力は仏の剣や龍に伝わり闇を切り裂く元となった。聖地から派遣された精霊達も英良さんが持つ力で闇と対峙していたのです。しかしながらこの力を英良さん自らに行使することはできません。なぜかというと自分の力を自分に与えることは不可能な事だからです。ここまでは分かりますね？」

はい、と美咲は答える。

「この力を闇は恐れます。言霊の力で人を救い感化することは世界に蔓延する闇を穿ち分断させる脅威に変わるからです」イヴは左手で前髪をかきあげた。

「ここストックホルムの街に古代の闇が這わされ貴女方の居場所を掴まれ取り囲まれていたことは分かっていますね？　その闇は黒装束を身にまとい貴女の宿を二キロメートルにわたり取り囲んでいました。上から見ると異様な光景でした。黒い線が円を描き取り囲んでいるのです。その力はヨーコの光に気が付き動き出し、五人の黒装束がヨーコの後を追ってきたのです。彼女は光を持っている子とはいえまだまだ発展途上にありました。それで私は貴女の元へ向かわせ力を引き出そうとしたのです。同じ波動を持つ者同士が会うと力はお互いに共鳴し増幅すると、私はそう判断しヨーコを貴女の元へ送り込んだのですが、それが私の判断の誤り。闇がヨーコの光を追って動くとは思わなかった。痛恨の極み。五人の黒装束は闇の刻印を持ち光を遮断したのです。それは一種の呪文とも呼ばれるもの。英良さんが陽の言霊なら闇の刻印は陰の言霊。悪意は時空を歪ませその狭間にヨーコは吸い込まれていったのです。その時の光と闇がぶつかり合う衝撃波を私も感じることができました。町全体の空間が歪み時間の速度にずれが生じたのです。時間は一定に進むものですがその時は一秒が二分の一秒に、またその反対の現象が起きたでしょう。闇の力で時空へ瞬間的な歪みを引き起こしたわけです。光と闇はそれぞれが甚大な力を持ち、科学的には説明がつかないほどの事象を引き起こします。科学的に考えると何かエネルギー源が必ず存在し、それを消費して物理的な力を生み出すわけですが、貴女方がいままで闇と対峙した時にそのようなエネルギー源がありましたか？　考えてもいなかったと思います。自分達の意志の力だと感じていたでしょう。さきほど私が言った英良さんの力は言霊もしくは神詞《かみごと》、霊歌などと呼ばれています。それは人を導くための善行。それに対し、人を呪い陥れることもできますが、それは正反対の意志により施行するため我々のように光ある者にとっては大きな負荷がかかります。そのことも貴女は既に経験済みだと思いますが。光と闇それぞれが違う意志でその力を施行すると持つ波動が真逆に作用するため跳ね返って来る力も大きく反動が強くなるからです。

それともう一つお伝えしなければなりません。光の子には五人の聖女がいて貴女は聖女の一人だということを申し上げておきます。そのような貴女に英良さんは生命の光を送り続ける宿命を負っているのです。貴女と英良さんの古からの因果律。それが現世でも再び起きるということです」イヴは美咲と眼を合わさずに言う。

「因果とは不思議なもので決まった重荷を背負い幾度となく輪廻転生を繰り返す。終わりのない螺旋状の階段を上っているようなものです。貴女もそうではありませんか？」イヴは訊ねた。

「そうですよね。生まれ変わりとか分からないですけど。自分にはある程度決められた運命のようなものを感じます」美咲はイヴを見て答えた。イヴは美咲に見つめられると強い眼力を感じた。見た目の美しさに加え強い意志を感じる。

「貴女が生命の旅を続けている間、闇を払拭していますがその反面、闇の活動も活発化しています。闇導師。この言葉を聞いたことはありませんか？」

「いいえ、ないです」

「この者は我々の動きを捉えています。すごく危険な人物だと言っていい。闇を操る最上位にいる者とだけ申し上げておきましょう」イヴは一度話を止めた。イヴの表情から話したくないことだと分かる。話そうとはせずに前髪をかき分けた。どうやらこの動作が彼の癖のようだった。

「それともう一つ大事なことをお伝えしておきましょう。貴女は最期にイスラエルでエリーナ・モーセとの謁見を終えますが、これが最後ではないということです。と言いますのも貴女には聖女として大きな宿命があるからです。貴女の命運で世界が変わる。そう言っても過言ではない。分かりますか？」

「分からないです。そんな大きな話になるなんて」美咲は驚いて答えた。

「大きな話と思わなくていい、それも因果律。その行動によって結果を導き出す。それも良い結果です。途中で何かの原因により、貴女が命を落として頓挫してしまえばそれで終わりますが、そういう宿命だということを覚えておいてください。この後、貴女に背負わされた宿命とは世界の四つの大陸を巡り四つの神器を勝ち取るということです」

「四つの神器？」美咲はおうむ返しに応えた。

「そうです。まずはあと八十日余りの生命の旅を終わらせてください。なにかと苦難の連続になりそうですがこれを終わらせましょう。そのためには英良さんの支えが不可欠となります。英良さんの言葉があって貴女が力を発揮できる。そのように運命づけられそれに従い動いているわけですから。それに付随して先言さんでしたね？　先言さんからも指示があります。先言さんはかつて、闇に属していましたが今では貴女や英良さんにはなくてはならない存在と言えるでしょう。どうしてかつては闇だったかを今は話しません。要するに今では光の仲間であり欠かせない存在だということだけです」イヴはここで話をきった。美咲はイヴを見つめているがイヴは斜め前を見て話していた。

「ここスウェーデンでの貴女の役目は以上となります。今後は二人の神官とも思わぬところで遭遇する機会があるでしょう。その時は貴女に大きな力となるでしょう。豪州の神官は人間嫌いで少し変わっていますが、先ほども言ったとおり特化された強い力を持っています。彼は我々四人の中で一番強い光力を放ち大神官の称号を与えられた青年です。少し粗削りな性格ですが助言があれば受けてください。それとインドの神官は貴女と同じ聖女の一人です。年は二十四歳と若いのですが多くの精霊を従えています。貴女を支えてくれるでしょう。貴女や英良さんは因果律の中でお互いに共鳴しています。貴女の体験した事象は英良さんも同じように感じるでしょう。同じ時間軸で並行して起きている事象。いる場所や存在している場所は違っていてもお互いに干渉しあっているのです」

「はい、私もそう思います」

「それとここスウェーデンでの貴女の苦行はここで納めましょう。謁見する対象が無くても貴女は役割を十分果たしました。少しの犠牲は伴いましたが。抽象的な言動や説明のつかない事象も全ては貴女が持つ因果律。貴女の行動が引き起こした現象は世に蔓延する闇を穿ち浄化する。それはすなわち自らも清めたことになります。私からお伝えすることはこれで全てとなります。今では貴女や英良さんは自信や確信を超えた領域へ来ています。先へ進んでください」

イヴはそう言い、前髪をかき分けながらお辞儀をした。その印象は違和感がないにせよ美咲には日本人とは違う風情を感じた。イヴは後ろを向くと歩きだし美咲の視界からいつの間にか消えていた。

皇女エヴァ

タージ・マハルの白い大理石が強い陽射しを受けて荘厳に煌きを放っている。廟へと続く通路には観光客の列が間断なく続く。遠くから見ていると止まったように見えそこだけが時間が凍結したように感じた。

エヴァは居間の窓を全開にして空気を入れ換えると大きく深呼吸した。窓には強い陽射しを遮るためレースのカーテンを引いていたが風を入れるため右側のカーテンを窓枠の横に束ねて留めた。時々、涼しい風が入ってきてレースのカーテンを揺らす。居間に外接されたベランダには大小様々な花や植物が植えられた鉢が置いてあり、それぞれが意志を持った個体のように小さく揺れる。その時、エヴァは不思議な気配に気が付き、ふと天井を見上げた。その気配は最初、煙に見えたが水蒸気のように空気中へ同化していった。それは段々、天井から横の壁を伝わり床へと降りて来た。エヴァにはその気配は意志を持つ者だと分かり「どうしたの？」と聞いた。その気配はエヴァの問いかけに答えるように上下に長く形を変えていく。敵意はないものだと分かり「あなたは誰？」エヴァは再び聞いた。

白い蒸気は良くわかるように具現化し人の形に変わってきた。二十歳前後の容姿端麗な青年に姿を変え「私はユタといいます」その気配は答える。

「ユタさん？」

「はい、水の精霊です」ユタが答えるとエヴァは考え暫く沈黙が続いた。

「水の精霊さん？　どうしてここへ、どうして私の所へ来たの？」

「ここに強い光を感じたからです」

「そうだったの」エヴァは少し考えを巡らせた後「色々聞きたいことがあるけどいいかし

ら？」と言った。

「はい、私が答えられることなら何でもお答えいたします」

エヴァはうっすら安心したように微笑み頷いた。

「私は多くの精霊を従えているけど、貴方は誰に仕えているのかしら？」

「はい、今私は聖地イスラエルから、ある方から召喚され極東の光の子の元に仕えております」

「極東の光の子？」

はい、とユタは答えた。

「少し見させてくれないかしら？　何か深い事情がありそうだもの」エヴァはそう言うとユタを傍まで来るように促した。

ユタはエヴァの一メートルほど前まで近寄ると、エヴァは左手をユタの額から頬へ撫でるように触れた。エヴァは瞑想に入るように物思いに耽った。時々、瞼が僅かに動き、顔が左右に動いた。最後は苦悶の表情を見せた後ユタを見た。

「そうだったの」

「はい」ユタはエヴァが全てを見通したのを感じた。

「良く分かったわ」

ユタはエヴァの言葉を聞くと安堵の表情を見せた。

「たくさんの光の仲間が見える」そう言ってエヴァは何かを唱え始める。

「ありがとう。やはり極東に悪魔が。インドも連戦が続いております。私の精霊達もほとんどが壊滅状態。頼りになるのは側近のサライくらいのもの。私は象の神ガネーシャから授かった予知の力で動いております。全治全能の神エリーナ様から御力を頂き敵と戦っていますが英良さん、あなたには何か感じるのですがこの気持ちはなんでしょう？　不思議です。私の力、お貸ししますが。サディム アミ ルディウム」と最後に唱える。

「英良様も頑張っておられます。そうお伝えしておきましょう」

「この地を彷徨っている闇は蛇の悪魔、なかなか思うように淘汰できません。私の力が足りないのか向こうの力が勝っているのか」

「いいえ、そんなことは御座いません。エヴァ様の光は大きく見えます。しかし、力の強度が足りないようです。相手に打ち勝つ力が足りません」

「こんな状況で英良さんに力を貸すなんて言えませんね？」エヴァが言うと暫く沈黙が続く。

「エヴァ様は何か誤解をされているかと思われます」

それは？　エヴァが聞くと「それは誤解からくる判断の誤りです。その時の判断が結果を導くものです。当たり前ですが、少しの差というか結果というものは最初のずれで終着点が少しずれる。または大きく開いてしまうもの。それを修正しては如何でしょうか？」

エヴァは少し憔悴した表情でユタを見た。

「気持ちに迷いはないでしょうか？　または自分の力に疑念を感じるとか。先ほどのエヴァ様の言葉からはご自分の力に疑念を感じているように見受けます。如何でしょうか？

エヴァ様の力は英良様を上回るほど大きく感じます。大きな成果が出ないということは自分でそれを消しているのではないでしょうか？　失礼なことを言いました。言い換えますと、ご自分の力と疑念の負なる力がお互いを打ち消し合う、エヴァ様の本来の力を相殺しているのです。ご自分でははっきりと認識はできないと思います。サライ様にお聞きになられては如何でしょうか？　サライ様はエヴァ様が全幅の信頼をおかれている方、しかし、仕える身では忠告をできません。エヴァ様からお聞きください。必ずためになる諫言はくださるかと思われます。宜しいでしょうか」

「ありがとうユタ。そう、ガネーシャの予知ではもうそんなに時間に猶予はないの。七十二柱の悪魔、それはアラマンダ。もう対峙してここに安寧を乱す闇を排除しなければ」疲れの吐息と一緒にエヴァの言葉が漏れる。

部屋に入って来る風をはらんだ白いレースのカーテンが波を打つように揺れ動く。カーテンの横をすり抜けてくる風がエヴァの髪をなでその髪が眼から頬にかかる。エヴァは髪をかき分け耳にかけた。

「そうね、あなたの言うとおり。私はすごく迷っていたようね。言ってくれてありがとう。失うものが多くて」エヴァは言葉を飲み込んだ。

「あなたが仕える人、英良さんは多くの光ある仲間を持っているようですね？」

「はい、ご存じのとおり精霊と日本の古き仏が仕えています」

「英良さんには何か生命を感じます。新たな……よく分かりませんが心の奥底から溢れる何かを感じる……私はこの血、運命づけられた一族に生を受け生まれた瞬間から光の訓練を受けてきたの。四歳になる頃には動物と意思を交わし、十歳を過ぎた頃には植物と交わせるようになった。たくさんの精霊に守られてきたけど、かなり減ってしまったの。いまいる者よりまだたくさんいた。神官も私の他に側近のサライだけ。彼も高齢の身だからいつまで一緒にいられるか分からない」

「エヴァ様は四皇神官のお力を持っていらっしゃいます。もっとご自分を信じられたほうがよろしいかと」

「知っているわ。エリーナ様が私達に称号を与えられた。フランスのイヴ、豪州のジェームス、日本の英良さんそして私の四人に」

「そのとおりです。それにエヴァ様も英良様とは遥か古より決められた運命の元出会ったと思われます。再会と言った方がよろしいかと」

「再会？」

「そうです。英良様の名前と生年月日にはある隠された暗号があります。それは全てを数字化すると古代の光の戦士を表す羅列になるのです。これは一言で説明することが難しいのですが、英良様の前世はいくつもあってその時代を統治した王や軍師という経験をお持ちなのです。その時に関わった方がエヴァ様と美咲様。美咲様のこともご存じですね？」

「知っているわ。と言っても今あなたと話をしていて全てを、そうゆう事だったというふうに、私の感じていた事が全て見えたの」

「さすが、エヴァ様ですね。光の力が強いことが分かりました。その美咲様は今生命の旅をされています。その旅も英良様の闇との対峙と並行するように進んでいます」

エヴァは知っている、というように頷く表情を見せた。

「エヴァ様と美咲様は五人の聖女ということもご存じでは？」

「聖女？　五人？　そのことは知らなかったわ」エヴァは首を横に振る。部屋に入ってくる風が強くなりレースのカーテンが大きく揺れた。

「五人の聖女は共通した印を持っています」ユタが言う。

「共通した印？」エヴァは聞き返した。

「そうです。エヴァ様の女陰の上の方に印があります」ユタがそう言った。

「女陰？」エヴァが聞き返すと部屋に置いてあった姿見全身鏡の前に服を脱いで立った。

エヴァは自分の顔を見た。顔色は良くなく青白い。乳房はそれほど大きくなく腰は括れ下腹部には脂肪がほとんどついていない。その下を見ると黒い陰毛が縦長に密生していた。エヴァは陰毛を両手でかき分けると下の方に三角形のようなあざが見えた。今までは全く気が付かなかった三角形のあざに今気が付いた。

「お分かりですかエヴァ様」ユタがそう言うとエヴァの表情が一瞬変わった。全てが一つの点に集約するように聡明なエヴァはそう言うことだったのかと、眼に力が入ったように凛とした顔になった。

鳥の鳴き声が部屋の中へ入って来る。今までは感じなかった音にふと気が付いた。空は相変わらず碧い。闇と対峙しているとは裏腹に紺碧の空が窓から見える。サライが一エーカーほどある庭の芝の手入れを行っている。サライも七十八歳。エヴァが曾祖父の代から受け継いだ屋敷も母屋だけで二十部屋ある。母屋の二階から渡り廊下で繋がっている母屋より広い別棟も今では使ってはいないがサライが管理していた。サライにこれ以上負担を掛けられない。エヴァは自分から多くの悩みを作る性格だった。色々な悩みが脳裏をよぎる。

「エヴァ様?」

えっ? エヴァはユタの問いかけに我に返った。その視線はうつろで焦点が定まらない。

「心に迷いが見られます」ユタはエヴァを見て言う。

「そう？」

「はい、心に迷いがあるときは持っている光が小さく見えます。まさに今のエヴァ様。エヴァ様の意志を阻害しているもの、気持ちの中に煩わしさを自ら呼び込みそれが幻影となっている。自ら作り出しているもの、それが悩みや苦しみとなって自ら壁を作っているのです。これらも到底、自分では気が付かないものです。今のエヴァ様は心身ともにお疲れの様子、これも全ては自分で作り出し自分で苦しんでいるものと思われるのです。私は水の精霊、生命の雨を降らす者。よろしかったら、今ここでエヴァ様に生命の雨を降らせましょうか？」

「ありがとうユタ、分かったわ。あなたの心遣いを受け取っておくわ。でも大丈夫よ」

「そうですか、お手伝いできるのならいつでも何でもいたしましょう」

コンコン、とドアをノックする音が部屋中に静かに響いた。サライが訪ねて来た。

「お嬢様、お茶をもってまいりました」サライが言う。

ありがとう、とエヴァが答える。サライは筒がガラスでできたフレンチコーヒー・ティーサーバーを持つと赤い花柄の陶器のコーヒーカップへ手際よく注いだ。紅茶の匂いが部屋中に漂う。「ほかに何か御用はありませんか？」サライが聞くとエヴァはいいえ、と首を横に軽く振り答えた。

「それでは私はこれで」とサライは言うと、人間には見えないユタの方に視線を向け軽く目礼した。サライには今までの一部始終が分かっているかのようだ。表情には『エヴァ様を頼みます』といった意味が見て取れた。

「サライ様ですね？」

「そう」

「サライ様も光をお持ちですね」

エヴァは頷く。重厚な銅のように磨き上げた迷いのない色だった。しかし、光の大きさが小さく纏まっていた。もうすぐ命運が尽きる予兆かもしれない。ユタはそのことをエヴァには伝えないことにした。


「その時は彼がまだ十九か二十だったわ」

「はい？」

「サライが家へ来たのは」エヴァが言う。

「彼が若い時のことは良く知らないけど、もちろん私が生まれた時には既にいた」

エヴァは窓際に立ち眼下の庭を見つめた。

「口数は少ない、寡黙な性格でね。当たり前だけど余計なことは決して口には出さないのよ。それでいて心配りが良くて、行動に無駄がない人よ。そんなところが私は好き」

窓を背にしてエヴァは喋り、視線は斜め上を向いている。壁の方へ向きを変えて横顔のシルエットが映し出された。歳は二十四歳。身長は百六十センチくらいで肌には張りがあり美人といえる。気分が落ち込んでいるせいか顔色は白くプリズムのように差し込む陽の光を飲み込んでいく。庭にはサライが降りてきて作業をしていた。

サライは芝の手入れをしていた。もう二十年以上も前。サライはまだ小さなエヴァを抱いて歩いていた。その時のことを思い出した。「エヴァ様、あれからもう二十余年の歳月が流れました。幼いエヴァ様を抱いてここを歩いた時のことを昨日のように感じます。エヴァ様の小さな身体のぬくもりが今でも腕に残っています。もう先がなく、いくばくかの生命の光をエヴァ様にお渡しいたします」サライは二階の窓から見えるエヴァの人影に気が付いていた。あれからもう六十年近くになる。サライは先々代から今までのことを思い出した。振り返るとあっという間に過ぎ去ったように感じる。しかし、エヴァが生まれてから今までは多くの思い出がある。多分これが自分にとって運命だったようだ。そう思った時、急に太陽が厚い雲に遮られ母屋が暗い闇に覆われた。サライは嫌な予感がした。

このまま何も起こらなければいいが、このまま時間だけが過ぎていって欲しいと、太陽を遮った分厚い雲を見ながら思った。先々代と先代が亡くなった時に似ている。全てが合ってきつつある。これも受け継がれた血が持つ宿命なのか。サライは大きなうねりに翻弄されるエヴァの因果な運命を憤《いきどお》ろしく思った。

「もう近くに迫っているの」エヴァは視線を落として言う。

「迫っているとは？」

「悪意の塊がここへ」

「封印を解かれたもののことですか？」

「そうよ、蛇の悪魔」

ユタも言葉を返せずに暫く沈黙が続いた。

「避けようもない禍々しい大きなうねりがもう間もなくここへ押し寄せるでしょう」エヴァは気丈に言う。前髪が頬につきエヴァはそれをかき分けた。急に部屋の中に風が入りレースのカーテンが大きく揺れた。

エヴァの部屋の床には淡いグリーンの絨毯が敷かれ右側の壁際にベッドが置かれている。左側の壁には白いチェストが置かれ引き出しが五段ついている。サイドテーブルにはコーヒーカップとメモ紙と筆記用具が置かれていた。窓辺には木目の入った机と回転式の白いダイニングチェアがある。茶色のカーテンは左右へ銀のカーテンタッセルでとめてあった。吹く風も止み、レースのカーテンは微かに揺れている。黒い野鳥の群れが左から右へ飛んでいく。空には所々、白い雲の塊が形をとどめて浮かんでいる。エヴァは時々ため息のような吐息を吐いた。

「いつ襲ってくるか分からない闇、それも大きな闇」エヴァは鼻筋のとおった顔を上げた。

「多くの精霊たちがそれと対峙した」

「エヴァ様をお守りするためにですね？」

「そう、小さな植物たちも」エヴァはため息をついて言う。

「そんな精霊たちは何の力もないのよ」

ユタは黙っていた。

「その精霊たちはただ立ちふさがり闇にむかっているのよ」

「私もその気持ちは分かります」

「どっちの気持ち？」

「精霊の気持ちです」ユタは答える。「主《あるじ》を守らなければならないという崇高な気持ちがそのようにさせたと思います」

「そんな気休めはどうでもいい。なんで自分が消えてまでそこまでするの？」

ユタには言葉が返せなかった。

「勝てない相手だと分かりながらそんなことをやっているのよ」

「勝てないとは限りません。無駄な行為とも思いません。答えはもう出ています。先ほどエヴァ様がご自分で言われた言葉がそのとおりです」

エヴァは少し考えていた。「無駄な行為ということ？」エヴァは小さな声で呟くように言った。

「少し違います。無駄な行為ではありません。それはエヴァ様からみるとそうかもしれませんが、精霊達からみるとそうではありません。何故かというと、彼らは仕える主を守るためにいるのです。無駄な事ではなくそれが使命なのです。もし、彼らがエヴァ様を守ることが出来たら無駄ではありません。当然ながら。たまたま良い結果が出ないということです」

「私の周りにいる精霊たちが弱いということね？」

「いいえ、そうではありません。精霊たちは弱くはありません。闇の力が強いのです。闇の意志をここでは掴めませんが、闇にとって我々は対峙している敵意なのですエヴァ様。闇は我々を同じように淘汰しようとしている。ただ、力の均衡が乱れ今では闇の力が我々より勝っているだけではないでしょうかエヴァ様？」

今度はエヴァが黙って聞いていた。次にユタがどのようなことを言うのか待っているようだ。

「どちらが善なのでしょうか？」ユタはエヴァが考えていることを引き出そうとした。

えっ？　とエヴァが戸惑った。

「地球の誕生から今まで長い歴史があります。それに比べて我々の歴史など儚い泡のような瞬間的なものと言えるでしょう。取るに足らないものかもしれません」ユタは言葉を止めた。

「そうね、そのとおりよ」

「そんな長い地球の歴史の中で我々は幾度となく対峙してきました。ここ数千年の間でも同じように」

エヴァは同意するように頷いた。

「お互いに意志を持ち、お互いの主義主張で世界を支配しようとしています。そうは思いませんか？」

エヴァは否定も肯定もせずに黙っていた。

突然強い風が部屋に入って来た。レースのカーテンが煽られ裾が不規則にはためいた。紅茶が入ったコーヒーカップを右手に持ちエヴァは風の音を聞くように視線を窓へ向けた。「あなたの言うとおりね」エヴァは答える。「私たちは、向こうもそうだけど、物事を一方からしか見ていないものね？　自分たちの考え方や主張で動いている。何が良くて何が悪いかなんて誰も分かりはしない。それで構わないのかもね」

今度はユタが黙っていた。

「私も時々分からなくなるの。私に仕えていた多くの精霊たちが消えていく。時間と労力だけが費やされていく。時間だけが過ぎて何も解決しない。このまま全てが無くなって光も闇も全て消えてしまえばいいのに、って」エヴァは俯いてため息をついた。

「エヴァ様?」

えっ、とエヴァは顔を上げた。

「エヴァ様はため息を何回つきましたか? 覚えていますか?」

「私のため息?」

「はい、おわかりですか?」

「いいえ」

「ご自分では分からないでしょう?」

エヴァは小さく頷いた。

「私へお答えになるときはいつもため息でした」

「そう?」

「はい、ため息は負なる感情。先ほどエヴァ様はなんて言いましたか?」

「何も解決しないということ」

「はい、ご自分の力に疑念をお持ちの様子。それでは力が消えます。それでは前へ進まないのですエヴァ様。今、エヴァ様の光は小さく見えます。本来であれば力を秘めた若い女性。背後には象の神、そして英良様よりも光を持った方です。それが今では不安と恐れと疑念。小さいというよりも大きく光を放った力は委縮されています。その光からは僅かながら殺気も放っています」

「殺気？」

「はい、最終的には不安と恐れが形に表れ殺気という強い負の力を呼び込みます」

少しの沈黙があった。

「今のエヴァ様は少しの闇を纏いつつあります。しかし、何も心配ありません。火急のことではなく一時的なもので取るに足りないことです。この状態が続かなければですが。しかしながら話が戻りますが、光と闇は表裏一体。どちらが表でどちらが裏か、それは分かりません。どちらともいえないのです。いつ闇に落ちても不思議ではなく闇の者が光ある者になり得る、そういう可能性もはらんでいる。人の心には光もあり闇も存在しています。それは当然のこと。人が何を求めているか、それは表と裏のようにいつでも変わります。メビウスの輪のようにある時、突然一面へと変異しない限りは。ここまではよろしいでしょうか？」

分かる、とエヴァは言う。

「失礼ですが」ユタは一度言葉を選んだ。

「何かしら？」

「失礼ですが、エヴァ様はまだお若い」

エヴァは頷いた。当然のように。

「私がエヴァ様を見て感じたことは大きな目立つ力をお持ちですが、その力が弱いのです。惹きつける力を持っているのですが相手に打つ力に欠けています。強い闇の力が迫ると抗しきれないというのか、それは若さもありますが体力的なものもあります」

「私もそう思う」エヴァは反論しない。

「闇やそれに繋がる悪意の力はそんな弱さに付け入ります。弱き心には強い力が入り込んで多くの欲望という闇に支配されます」

「それも知っているわ。崇高な意志と相反する物ね。あなたがさっき言った表裏一体の感情のことね？」

「そうです。欲とは抽象的ですが色々な種類があります」

「私が欲を持っていると？」

「はい、今のエヴァ様は淀んでいます」

「淀み？」

「はい、進んでいないということです。と言うか停滞していると言った方が良いかもしれません」

「気持ちの迷いのこと？」

「はい、それもあります。それも原因の一つと言えるでしょう」

「ため息をつくようなこともそうだと？」

「その通りです。私は本来英良様に仕える者。エヴァ様に諫め事は言えないのですが一つだけ言わせていただければ、立ち止まらずに前を向いてほしいのです。既に僅かな闇の力がエヴァ様に這い出てきています。闇の力は自ら大きくならずに負の力を取り入れて増大していきます。その元凶が今のエヴァ様の状態です。あまり多くは言いません。エヴァ様は聡明なお方、五人の聖女のお一人。エリーナ様からもお言葉が届いていると思います。私からも同じことを言わせていただきます」

ありがとう、とエヴァは言う。少し迷いや苦しみが晴れ空も雲が消えていった。分厚い雲もきれていき明るい陽の光が部屋中に射し込んできた。

「それと、停滞するということは怠惰であり小さな欲、それも隙になります。その隙間に闇の感情は入り込み大きくなります。その結果負の連鎖が起きます。その状態にエヴァ様は陥りやすいことも確か、これまで見ているととても気になります。エヴァ様の光が小さく見えるのはどうやら微弱な欲がそうさせているのでしょう。改めてください」

意志を持ったように風が部屋に吹き込んでくる。迷いを感じた時はレースのカーテンが大きく揺れ迷いが消えると陽が射し込み風の揺らぎも柔らかく感じた。「私はこれで」とユタは一言いうと白い霞となりエヴァの前から去っていった。

エヴァは紅茶を飲み大きく息を吐いた。これはため息ではない、と確かめるようにもう一度大きく深呼吸した。窓から射し込む陽の光はレースのカーテンを通して白い光の筋となり部屋の風情を変えた。サライは刈った庭の草を集め青いカート車で庭を横切り運んでいった。エヴァはユタから言われたことを思い返した。全て見通されている。普段抱えている心の暗部や僅かばかりの欲。自分は無力であることを感じた。部屋のドアをノックする音が聞こえた。サライだ。

「エヴァ様、何かお持ちしましょうか？」

「ありがとうサライ。濃いコーヒーでもちょうだい」

「はい、少しお時間を頂けますか？」

「急がないから、大丈夫よ」

「分かりました」

「それとサライ、聞いてほしいことがあるの」

「何でしょうか？」サライは部屋に入り後ろ手でドアを閉めた。

「私に僅かな欲を感じるかしら？」

サライは白いクルターを身にまとい殆どが白髪で身長が百八十センチ、髭も白く浅黒い肌は作業した後ということもあり汗で光っていた。「ユタがそう言いましたか？」全て知っているかのようだ。

「そう、ユタに触れてこれまでの出来事を見させてもらったの。そうしたら私のことも自然と分かるでしょう？　私がやろうとしたことをユタが反対にやってしまった。ユタが全てを掴んでしまったようね」

「そうでしたか」サライは少し考えるように視線を斜め下へ落とした。

「ユタの言うことに間違いはありません。私はエヴァ様に今後のこともありなるべく気持ちを塞ぐような助言は控えてきました。しかし今、エヴァ様が知ってしまった以上お話しいたしましょう」サライはドアの前に立ち話し続けた。

「確かにエヴァ様には微弱な欲を感じます。ご自分では絶対に分からないもので御座います。このことは先ほども言いましたとおり、エヴァ様の光の力を拒むものとして言いませんでした。何故かと言いますと、そのことを申し上げるとエヴァ様が疑念を感じ力が抑えられるという心理が働くからで御座います」サライは一度言葉をきった。

「持ちえる力の強度は自分では分かりません。その日によって変動があり指摘されないと認識ができない、ということで御座います。ユタはそれを言ったわけですエヴァ様」

ガタッ、と何かが窓ガラスに当たる音が聞こえた。風に吹かれて木の枝がぶつかったようだ。二人の会話を遮るように風が強く吹きレースのカーテンが揺れる。空はいつの間にか曇り分厚い雲に覆われ部屋の中が暗くなった。

「心配はいりませんエヴァ様」薄暗い部屋の中でサライの白いクルターが目立つ。

「エヴァ様は神官を統べる者のお一人。精霊達も大きな光にたなびきエヴァ様に多大なる幸福をもたらすことでしょう」サライは続ける。

「それと言いたくはありませんが、ガネーシャの予知ではここにも間もなく大きな闇が襲ってくるとのことで御座います」

「それも分かっているわ」

「そうですか、このことはエヴァ様に言わなければなりません。もう刻がないといえます」

エヴァは表情を変えずに黙っていた。

「いつもどおりエヴァ様は毅然、泰然とした態度で臨んでください」サライの言葉は重い空気を和らげた。

「はい、そうするわ」エヴァはサライの言葉を聞くと安心した。気持ちがふさぎ込み憂鬱な時はサライがいつもそばにいて言葉を交わすと気分が晴れた。

「それとガネーシャには天から降りる光の帳が見えるそうです」

「光の帳？」

「そうです、しかしこれは天意によるもの。自ら望んではいけません。天意は大きな力ですが自らの命運は自らで呼び込むもの。天意を求めることは下策かと思います。そして地の理を活かすこと。これは中策、まずはエヴァ様が従えし者を使うことで御座います。それが上策かと思います」

「そのとおりね、分かっているわ」エヴァは反論せずに頷きサライも安心したようにエヴァを見た。

「判断を誤るな、とエリーナ様は言われました。世界に散らばる光の子は多くはありません。しかし闇の力に飲まれないように自らを律し高い意識を持つことで光に力を授かることができるでしょう」

「そうね、サライ。ありがとう」

多くの言葉を受けながら自分は何をやっているのだろう？　前進していない今を猛省した。

戒めの言葉がエヴァの脳裏をよぎる。幼い日のことを思い出す。もの心ついた時にはもう両親はいなかった。サライはエヴァの手を引き歩いていた。サライに親のことを聞いても詳しいことは教えてくれなかった。ただ事故死したと。しかるべき時が来たら詳しいことを話すと言っていた。エヴァは過去の事件や事故を遡って調べた。大きな政治クーデターやデモ、それに参加した人の死亡記事なども調べてみた。どうやらエヴァの両親は政治的な事件に巻き込まれて死んだらしい。そのことをサライに向けると彼は俯き表情を曇らせる。エヴァは運命を感じる。もう間もなくテロ行為や爆発事故が起きそうな予感がする。ガネーシャの予知も不気味に符合している。窓がガタガタと風を受けて音を立てる。雲は陽を遮り部屋は昼間でも薄暗くなってきた。サライがコーヒーの入ったサーバーを持ってきた。青い菫の花柄の陶器のコーヒーカップにコーヒーを注いでサイドテーブルに置いた。

「エヴァ様、砂糖とミルクを置いておきます」

「ありがとう、サライ」

サライは軽く会釈をして退出した。

エヴァは首を回し、右と左のひじを反対の腕で交互に抱え強く引っ張った。その後は床に座り開脚して足の裏側の筋肉をのばし、上体を左右に倒し呼吸を整えながら時間をかけてストレッチを行った。肺に十分空気を吸い込み吐き切り汗をかくとリフレッシュした気分になる。コーヒーを飲み暫く何も考えずにダイニングチェアに座っていた。コーヒーカップをサイドテーブルに置くとエヴァはチェストの横にある両開きの戸を開けた。中に高さが一メートルほどの金庫がありエヴァは番号を合わせ解錠した。金庫の中は二段になっており二段目には白い布に覆われた石が置かれている。エヴァはその石を丁寧に取り出しサイドテーブルの上に置くと白い布を取った。その石はエメラルドだった。エヴァはそれをじっと見つめ何も考えずに暫く座っていた。

「ガネーシャ、聞こえる？」エヴァが問いかけた。

少し間をおいて「如何した？」と返事がした。エメラルドが光を帯びて緑の色が濃くなった。

「教えてガネーシャ、この後のことを」

少しの沈黙が続いた。ガネーシャは何かを見ているようだ。

「黒い雲が見える」

「雲？」

「そう、その雲が火の槍となって降り注いでくるのが見える」

「火の槍って？」

「全てを奪うものだ」

エヴァは何も言えず黙っていた。

「強い風が吹き多くの者が飲み込まれていく」

「その黒い雲に？」

「そうだ」

「闇の力によって？」

「それを引き起こすものは悪しき力による。おそらくは闇に絡んでいるだろう」

「それはいつ起こるの？」

「はっきりと分からない。明日起きるのであれば明確な時刻は分かるが、そうではないのでもっと先だろう。しかし数日内ということだ」

エヴァは頭の中が真っ白になった。言葉が続かなかった。

「西の方から太い腕が来るのが見える」

「腕が？」

返事はないが肯定する雰囲気だった。

「人が？」

「強い光の力だ」

沈黙が続いた。

「それはお主《ぬし》と同じような力を持った者だ」

「もしかして英良さん？」

「違うな」

「ユタのこと？」

「それも違う。そもそも方角が違う。いずれにせよ平静を保ち待つが良い。この悪しき力によってお主が命を落とすことはない。被害は多少出るが」

「何故ここへ？」

「因果なことだ」

「因果？」

「全ては引き寄せあうということだ。光の力も闇の力も全てにおいてだ」

ガネーシャは必要な事しか答えなかった。強い光を帯びて煌いていたエメラルドは元に戻りガネーシャの言葉も聞こえなくなった。


命を吹き込まれ呼吸をしているような風情を持ったエメラルド。エヴァの問いかけに呼応するように煌めきを放っていた石が無機質な普段の石に戻っていた。エヴァはベールを被せるように白い布をかけ金庫の二段目に戻し扉を閉め鍵を掛けた。全てが元の空間と時間の中に取り込まれていく。エヴァはコーヒーをサーバーから注ぎ足した。湯気を立ててコーヒーがカップへ注がれる。コーヒーの匂いが部屋中に漂ってくる。残りの砂糖とミルクを入れてかき混ぜた。コーヒーを飲みながらベッドに腰かけ窓から入って来る風を感じ外を見た。何も変わらない。全てが毎日同じように過ぎていく。それの繰り返しだった。何も望まず何も起きずに静かで平凡な毎日であればいい。争いや侵略などは誰も望んではいない。一部の人間による欲望を満たすために多くの人の命が失われ全てが廃墟と荒廃に支配される。そんなことは誰も望んではいない。レースのカーテンが風をはらみ大きく揺れた。生き物のようにエヴァの考えていることを掴んでいるようだ。考えている時は小さく揺れ、考えていることを決めた時は大きく揺れる。カーテンはエヴァの思考の波のように呼応する。揺れてはためいている時は安定していない思考のようだ。それは空中をはためく一頭の蝶が飛んでいるようにも感じる。自分の思考は蝶々？　エヴァはまさにその通りかもしれないと思い思わず苦笑いをした。あまりにも当てはまっていると思い声を上げて笑った。その時に突然不思議なことが起こった。

エヴァは何気なく窓を見ると一頭の白い蝶がゆらゆらとはためきながら入って来た。その蝶は上下左右に飛んでいき部屋を一回りしていく。エヴァは思わぬ来訪者に見とれていた。蝶はエヴァの前を通り過ぎると目的を果たしたかのように元来た窓から飛び去って行った。

何故かしら？　どうしてかしら？　とエヴァは自問した。この時に蝶がここへ来た理由は？

誰かがここへ寄こしたのかも？　それならいったい誰？　エヴァは意識を集中した。思考を止め自分が従えし精霊に呼び掛けた。

「誰？」と呼び掛けた。

「誰か蝶を呼び込んだ？　何かを知らせるために？」再び呼び掛けた。部屋はずっと静寂さを保っている。エヴァも何も感じない。暫く待っても何も反応がなかった。自分の考えたことに対する全くの偶然だった。自分の考えに引き寄せられてきただけに過ぎなかった。エヴァはあえてため息はせずに大きく一回深呼吸した。

次の日もその次の日も何も変わらないような時間が過ぎていく。日差しが傾き西へ沈んでいく。エヴァは沈んでいく太陽を見ながら日が昇る先に英良さんがいる、と思った。その時突然、部屋の窓枠がカタカタ、とおかしな音を立てて僅かに揺れているように聞こえた。少し間をおき地面が小さく振動してきた。地震かしら？　暫くそのような状態が断続的に続いた。

エヴァは僅かに不吉な予感がした。部屋の外から足音が聞こえた。サライが走って来る足音だった。その足音からも急を告げることだと分かる。足音がドアの前で止まりノックの音がけたたましく聞こえた。ドアを破りそうな勢いだった。ドアが開きサライが入って来た。

「エヴァ様、大丈夫ですか？」

大丈夫、とエヴァは答えた。サライの声から尋常ではないことだけが分かった。

「どうしたの？」

「近くで何かが爆発したようで御座います」

「爆発？」

「はい」

「何が？」

「それがまだはっきり分からないので御座います」

サライが言うと、爆音と少し遅れて窓ガラスに爆風がぶつかって来た。

「危険です。非難しましょう」

「分かったわ」

エヴァとサライは部屋を出ると階段を下りて正面入り口の反対方向の北側へ向かった。突き当りを右へ進み未使用の部屋の前を通り非常出口を開け外へ出ると爆音とは反対の方を見た。

「エヴァ様、こちらへ」

エヴァは頷いた。

外へ出ると右側は広い庭の芝で左側には手入れされていない雑木林が見える。中ほどには整備されていない小径がある。エヴァの前をサライは小走りで小径へ入って行った。百メートルほど小径を進むと芝の開けた場所に辿り着いた。ゴルフの芝のように整備されていた。芝の上に立つと二人とも安心したのか立ち止まりお互いの顔を見た。

「エヴァ様、まずは安全でしょう」とサライが言った瞬間、空が黒煙で覆われ薄暮のように周囲が薄暗くなり暗闇に覆われた。夜のような闇になるまで時間はかからなかった。

ぐおっ……があぁっっ……！　突然サライの悲鳴が聞こえた。今まで聞いたこともないサライの声だった。

「サライ！」

エヴァは周りを見渡してサライの姿を探した。右斜め前方に白いクルターが見えた。サライだ。エヴァは走って行き声を掛けた。うつ伏せになっていたサライを仰向けにした。エヴァにとってはサライの身体は重たく体勢を変えるだけでも苦労した。エヴァは右腕でサライの後頭部を支え揺り動かし名前を呼んだ「サライ！」。何度も呼んだが返事がなかった。彼は既に絶命していた。

爆弾が破裂しその破片がサライを直撃したようだ。サライ！　サライ！　とエヴァは何度も繰り返し叫んだ。既に死んでいることも分かっていたが何度も何度も名前を呼んだ。両手でサライを抱きかかえ両肩を左右に大きく揺り動かした。無駄だと分かっていてもそ・・・・・うやるしかなかった。白いクルターが血で真赤に染まってきた。涙の雫がサライのクルターにポタポタと落ちた。エヴァの両手はサライの肩を固く掴んでいた。「お願い。眼を開けて。サライ」エヴァは諦めきれず執着した。涙でサライの顔が歪んで見える。どれくらい時間が経っただろうか。熱い風が吹いてきた。その後も何度か爆音が聞こえた。爆風と破片がエヴァのすぐ横をかすめて飛んでいく。このままでは危険だった。すぐに避難しなければエヴァも巻き込まれる。でもサライをおいてはいけない。

暗闇は大きな渦を巻いてきた。悪意を持って力を誇示しているようだ。エヴァは渦を敵意のある顔で強く睨み返した。最大の憎しみと恨みを込めた負の感情を持って。この時のエヴァは激しい憤怒の表情を表していることを自分でも感じた。身体全体から込み上げて来る狂おしい怒りは自分でも抑えきれなかった。黒い漆黒の渦はエヴァの力に制され渦の流れが滞り、形が不規則になった。縦長の反時計回りの楕円の黒い渦がその形を失い中ほどに窪みができて台風の目のようにそこだけが空洞になった。エヴァの力でそこだけを穿ち隙間ができたようだ。暫くしてその空洞も元に戻ると再び縦長の楕円形の黒い渦へと再形成した。この時のエヴァは光の力ではなく持ってはいけない憎しみ恨みや怒りの感情を呼び込み力として増幅した。エヴァの左腕のひじの内側には小さい黒いあざが現れた。いけない、そのあざは自分たちにとっては負の紋章。

熱い風と小さな砂塵はまだエヴァの方へ向かって来る。エヴァは突然、脱いだTシャツを両手で引き裂きジーンズを脱ぎ下着も脱いだ。全裸になり熱風に向かい叫ぶ。

「何が欲しいというの！　アラマンダ！」

風が止み、不気味な静けさに変わった。

「何もない」と低い呻き声が聞こえる。「何も望まない」

「何でこんなことを！」

「封を解かれし者が世界を闇で覆う」

「その前にお前を元の場所へ納めなければならない」

「出来るか？　おぬしにそれが出来るか？」嘲笑する低い声が聞こえた。

熱い風が強くなり黒い渦が動きを速める。エヴァの髪が風で大きく後ろへたなびいた。黒い渦は見て分かるほどの姿になり蛇へと変貌していった。

後ろへ押し戻されるように風が強くなりエヴァは半歩下がった。髪が乱れ顔にかかる。風が段々熱くなってきた。

「精霊達よ。ここへ集い我と共に悪しき力を淘汰し平定させよ。巷の遍《あまね》く精霊達よ、ここへ集うが良い。草花、木々、水、山、遍く精霊達よ、闇を一掃するのだ」

嘲るように風が蠢く。

「精霊達よ、私の元へ」

熱風が顔をかすめる。小さな矢のようにエヴァの横を射っていくようだ。風は強くなり土煙をあげて全てを飲み込むように襲い掛かって来た。エヴァは身を屈めて飛んでくる釘や木片それに鉄片を避けた。あっ、鉄片が右肩を掠った。飛来するもろもろの破片は増えていきエヴァは地を這うようにそれを避けた。その状態が続きエヴァは意識がもうろうとしてきた。絶望感に支配されてきた。黒い塊がエヴァを飲み込もうとした。

「エヴァ、早く！」誰かが叫ぶ。黒い粉塵の中にイヴが立っていた。彼は身を屈めエヴァに降り注ぐ熱風と塵を防いでいた。「貴方は？」とエヴァは言うと意識が遠のいていった。イヴはエヴァを抱きかかえその場を立ち去ろうとした。黒い塊はうねり、大きく渦をまきそれが一本の太い矢となり襲ってきた。イヴはエヴァを庇い両手を地面に着き伏せた。熱風が襲い掛かる。これまでか。イヴはエヴァに覆いかぶさった。


空が赤と青の光で覆われた。カーテンのように揺れる。その光の帳はイヴたちの頭上へと舞い降りた。イヴが見上げるとそれは金色とオレンジの鮮やかな重厚なカーテンのように見えた。今まで吹き荒れていた嵐のような熱風と塵は突然、収まっていた。その大きな光の帳で遮断されたようだ。

「無謀なことを」声が聞こえた。

「貴方は？」イヴは言う。

「精霊を統べる者だ」

「大精霊様？」

「そうだ」

イヴは丁重に礼を言った。

「礼などいらない」大精霊は言う。「儚きことだ。分かるか？」

イヴは何も言わなかった。

「小さき人間よ。何故、このようなことをする？」

イヴは苦悶の表情を浮かべる。

「生命を懸けても守るものがあるというのか？　小さき人間の神官よ？」

イヴは頷いた。

「いずれにせよ、無駄な戦いはするな」

少しの沈黙が続いた。

「小さき人間よ。私はおまえたち人間の神官は嫌いだ。人間の神官を信じてはいない。欲にまみれた人間のことを。自分が良ければどうでも良いという儚き人間よ」

風はおさまり足元には小さな瓦礫が散らばっていた。

「まあ、どうでもいい。そんなことはおまえたちの勝手ではあるが」大精霊は続ける。

「しかし、仲間を守るということは尊い。これからも仲間を大事にして仲間を信じるがいい」

大精霊の言葉には威厳があり圧倒されるものを感じたが包み込み慈しみのようなものも感じた。

「これからも今までどおり崇高な意志をもって進むがいい」煌めいていた光のカーテンが消えかかっていった。
「また何かあった時は呼び出せ」大精霊が言うと光の帳は消えた。

全てが夢のようだった。周りは焼け焦げた瓦礫に覆われ、きな臭い悪臭が充満していた。焼き討ちに遭いそれが突然、何かの力で収拾されたかのようだ。木々はなぎ倒され、遠くでは建物が倒壊し白い煙が靄《もや》のように立ち込めていた。足元はコンクリートの破片や木片が散乱し道がない。緑に覆われた樹木や町の光景は既に破壊されていた。時間をかけて連綿《れんめん》と形作られたものが瞬時にして失われていった。芝は熱風と爆風に覆われ焼野原となりかつての原型をとどめてはいない。生命の息吹がそこからは感じられず破壊の痕跡と荒廃した光景だけだった。戦争と侵略により廃墟と化した映像が現実に眼前に広がっている。信じられない光景で悪夢を見ているようだ。

第二章 生命の火が消えるまであと二十六日

美咲の章（二）

美咲はストックホルムのアーランド空港へ着いた。若い母親が子供の手をひき美咲の前を通り過ぎていく。小さな子供二人と両親の四人の家族がいる。子供たちが先を走って行った。日々の変わりないささやかな幸福がそこにあった。美咲の隣に老夫婦が座った。妻はさほど重たくもない旅行鞄を椅子に置き美咲と顔を合わせると僅かに微笑んだ。何も不満はなく誰にも疑念を持っていない。美咲のことを娘だと思っている印象だ。夫の方は航空券を取り出し搭乗口を確かめていた。搭乗案内の掲示板を見て小さく頷いた。ここは分岐点、出会った人とは運命だったけど、これからは行き先がそれぞれ違う。美咲はどんな運命を辿るのだろう？　と、ふと周りの人達を見渡した。

「ここは空いておりますかな？」

老夫婦が立ち去った後に誰かが突然声を掛けてきた。

美咲は頷いた。ふと見ると背の低い八十歳前後の老人だった。

「いい天気が続きますね？」

美咲は日和見ともいえるこの老人の声掛けにただ相槌を打った。

「この国を出られますかな？　ぜひとも道を迷われませんよう気を付けてくだされ。迷われた時はご自分の心の声を聞いて進まれるとよろしい。多くの困難が立ちふさがって前を阻むでしょう。そんな時でも何も心配は御座らん。終わってみればこんな事もあったと一笑に付すでしょう。今は大海に出でる時、小さき器の持ち主は大海に出ることは叶いませぬ。どうか神のご加護があらんことを」そう言うと、その老人は人混みの中へと吸い込まれるように姿を消した。


北欧独特の訛りの強い英語だった。時々、スウェーデンの言語が混じり聞き取りにくかった。美咲は立ち去っていくその老人の後ろ姿をじっと見つめていた。彼は周りの場面に馴染んでいないように見えた。紙芝居のどこかの一ページから抜け出したのか切り取られた切り絵のように周りの景色にはめられたようだ。紙芝居の一つの場面において自分の役割を果たし次のページの下にうずもれて行くように周りの人混みの中へと消えていった。

美咲は生命の旅を続けていくうちに五感が研ぎ澄まされていくのを感じた。もしかしたらさっきの老人も以前の美咲だったら認識できなかったのかもしれないのか。今の美咲の認識力をして彼を捉えることができたのかもしれない。
そういえば、美咲はふと感じた。ストックホルムに滞在中に右手の甲をペーパーで切り傷ができた。その傷が一晩できれいに治っていた。一晩と言うより数時間で修復されていた。美咲は単に回復力が人より高いのかと深く考えてもいなかった。往来を行く人や複数の人達の会話の声がはっきりと聞こえてくる。先言が近くにいるのも分かる。イヴと言葉を交わし自分の力も強い力とブレンドされて良いほうへと平均化された実感がある。自分の弱い力が引き上げられたようだ。美咲は何も考えずに椅子に腰かけて離発着の案内板を見ている。ふと我に返ると搭乗手続きのアナウンスが聞こえてきた。どれくらい時間が経ったのかも分からないほど物思いに耽っていた。人の数が増えてきた。それと同時に周りもざわついてきて、甲高い子供の声がひときわ聞こえてきた。ここに留まってはいられない。

美咲は次の訪問地のイスラエルのテルアビブ空港へ向かうために搭乗手続きを済ませた。監視の闇はここにも来ているのが分かる。それは美咲の座っている位置から右斜め後ろのようだった。一人ではなく数人の男性だ。美咲は落ち着いていた。自分でも信じられないほど動揺もせずに冷静に座っていた。どうやら敵意はなく監視している雰囲気だった。

美咲はこの旅を終わらせたい、とただそれだけしか脳裏にはない。全てを終わらせて心の中にいる運命の人の元へ帰りたい。それだけしか考えてはいなかった。その強い気持ちが美咲を前へと押す力となっている。英良との光の繋がりが無ければ闇との対峙も乗り越えることはできなかった。幾度となく迫ってくる闇の力と悪意によって翻弄され今頃は露と消えていたに違いない。その運命の分岐点に立っていた時、行く先を照らし導いてくれた英良に会うまでは決して諦めてはいけない。希望が潰えるようなことはあってはならない。その希望がある限りは走り続けよう。その力に美咲は生かされている。そう、自分は一人ではないのだ。自分を支えてくれる多くの仲間がいることを忘れてはいけない。先言は言う。光の仲間がいる。持つものが同じならば、それに共鳴する力が集まると。その力は何倍にも強くなれる。美咲は自分一人ではないことを認識する。導かれた運命に従い進むことだけを脳裏に刻んで走った。

二〇〇九年八月十七日　生命の光が消える日まであと二十六日。

スウェーデンから感じていた美咲を監視する気配はエルサレムに着くと同時に突然消えてなくなった。強い悪意のある力を感じなくなった。不気味な気配が消えたことで美咲は安堵した。

美咲はとりあえずエルサレムに着き手掛かりを探すため街へ出た。

キリストが十字架を背負い歩いたとされる坂。二千年後に同じところを自分が歩いている。キリストはどんな思いで歩いていたのだろう？　キリストは二千年後のこの街の景色を想像できただろうか？　彼も自分の運命のまま、三十数年間その人生の舞台に立ちその舞台の帳を下ろした。美咲も自分の運命に翻弄されいつかは自らの人生に幕を下ろす日が来るのだろう、とキリストが歩いた道を踏みながら考えを巡らせた。

ふと、足元に違和感がある。なぜか足が重く感じる。街の景色が歪んで見える。全てがスローモーションのようだ。すれ違う人達の声が救急車のサイレンが遠ざかるドップラー効果ように聞こえて来た。

「美咲に告ぐ。このまま進むが良い。シャーマンの声によるとこの道を進むと出口が見えるようだ。そこを出るとある村に辿り着くだろう。問題はない。敵意も感じない。このまま先を目指すとしよう」先言は美咲に促した。

足元が平たんではなく歪んでいた。地面が柔らかく踏み込んでも力が吸い込まれていく感じだった。どんなに歩いても前へ進まない。同じ場所に止まっているようだ。大きな透明なチューブの中をさ迷い歩いている感覚に襲われた。どれだけ歩き続けただろうか？　前方を見るとテントのような住居が見えてきた。モンゴルの人達が居住しているゲルのようだ。

「美咲よ、どうやら着いたようだ。ここはバーウディ村。何か手掛かりとなるものがないか、探してみる」先言は告げた。

はい、と美咲は答える。

周囲には人は歩いていない。テント状の住居以外には主だった建物も見当たらないが廃墟といった趣も感じない。確かに人が住んでいる雰囲気を感じる。住居の数は十数戸くらいあり住居の壁や屋根を覆っているフェルトが僅かな風に揺れる。入り口に面した道は道路の様相を呈して舗装はしていないが良く整備されていた。ほとんどの住居は外観が白く重厚な造りだった。美咲は人の声を聞いた感じがした。数人の子供が遊んでいるように。耳を澄まして聞こうとしたが、それからは全く聞こえなかった。気のせいだったのかしら、と美咲は呟いた。弱い風が吹いてきて僅かな砂塵が舞い上がった。砂塵が美咲の頬に当たる。


美咲は前を見ると白いクルターと黄土色のターバンを巻いた八十歳前後の男性が三十メートルほど前方で佇んでいることに気が付いた。近づいて対面すると、その老人は感じが良く身長が美咲と同じくらいで背筋がよく通り姿勢が良かった。

「良くおいでくださりましたな？」その老人は笑顔を浮かべ訛りの強い英語で喋った。

美咲は頷いた。

「貴女が聖なる意志で旅をしておられる方ですな？」

「はい」

「貴女を見ているとすぐ分かりますな、好むと好まざるとに関わらず強い光の意志をお持ちだということを。それが遠くから見ても分かりますな」その老人は訛りが強いうえに難しいことを言うので美咲はただ聞いていた。

「これは、これは、ちょっと喋りすぎでしたかな？」老人は浅黒い表情で屈託のない笑顔を見せた。白い歯が印象的だった。

「美咲さん、でよろしいですかな？」

「はい」と美咲は答えた。

「何故、私が貴女の名前を知っているのかなど、前置きは省きますとしますか、まずはここから死海へと赴きなさい。その死海の底には石像が七体ありますのでそれを見つけてくださいますかな？」

「死海？」

「左様に御座います。ここからさほど遠くない、東へ三十キロほど東にあることはご存じですかな？　しかし、死海は塩分を多く含んでおりますから、普通の人はなかなか潜ることはできん。しかし貴女は特別な力をお持ちなのでやってくれますかな？」

美咲は黙っていた。

「突然このようなことを言われてお困りのようですな？　突拍子もないことは私も百も承

知。貴女はことさら、怪訝に思われますかな？」

美咲は軽く頷いた。

「これも全ては光の導きがあってのこと。貴女はただ、その運命に従い進んで行かれるとよろしい。それを受け入れるかは、貴女次第。貴女と共におられる方々はその運命を変える力をお持ちですな？　それが良くなるか悪くなるかは、また貴女次第ということですかな。お分かりかな？」

はい、とだけ美咲は答えた。

「よろしい。ではお行きくださいますかな、ただこれだけは忘れないほうがよろしい。強き意志で貴女の大事な人、愛する人を信じて行かれるがよろしい。疑念や迷いは心に隙が生まれる。悪しき力はそこに付け込んで貴女の力を蝕んでいく。それもよろしいかな？」

「はい」美咲は強く答えた。

「運命の扉は鉄の如く硬く微動だにせん。しかし、ある時突然その扉が開くということもお分かりですな？　それを信じて進みなされ。よろしいですかな？」

美咲は大きく頷いた。


その老人は安心し満足した表情を浮かべた。自分の言いたいことを全て伝え全てを美咲に託したという表情だった。その老人の心中には当然ながら欺きや邪心は全くない。美咲を陥れるようなこともない。あるべき真の理を美咲に告げる、ただそのために現れたようだ。美咲は彼と別れ前へ進んだ。背後には何も感じない。先ほど会った老人の気配はもう感じなかった。美咲は振り向いて確かめようとも思わなかった。

また同じように周囲の景色が歪んで見えてきた。来た時と全く同じ状態になった。足元が不安定になり踏み込めない。身体が重く前へ進まない。周りの景色は全て同じように見える。同じ場所を何回も回っているようだ。美咲を包んでいる大きなチューブの中から遠くまで見ると合わせ鏡の中をのぞいているように同じものが無限に続いている。

来た時は身体に感じた強度や圧迫感はより少なく感じた。しばらく歩くとエルサレムの街並みが見えてきた。ここはイスラム教の聖地でもある。遠くには金色のモスクの屋根も見えてきた。道行く人の声も聞こえる。街中を吹く風が街の独特の匂いを運んでくる。足取りは軽く普段と変わらなくなってきた。美咲は来た道を反対へ歩いていた。周りの人達は美咲に起こったことなど知る由もなく普段通りに往来を歩いて行く。思ったより多くの人が英語で話していることに気が付く。美咲はひとまず宿へ帰ることにした。部屋へ戻ると、どっと疲れを感じ少しの間うたた寝をした。

二〇〇九年八月十八日　生命の光が消える日まであと二十五日

美咲は地図で死海の周辺を調べた。なるべく観光客が少なく目立たないところがいいと思い地図の拡大版を見た。北へ行くとヨルダンとの国境へ近づくためミネラル・ビーチとエン・ゲディの中間が良さそうだ。持っていくものは何もない。小さめのリュックサックに脱いだ服を詰め込んでおけばいいし、後はバスタオルを一枚用意した。今日は十分睡眠をとって明日に備えるため美咲は早めに就寝した。

心地よい眠りと目覚めだった。時計を見ると午前七時十五分。身体が軽く体調がよく感じた。計画通り判断を誤らずに行おうと、美咲は決めていた。まずはミネラル・ビーチまではバスで移動してその後に歩いて南下し観光客のいない場所で決行しようと思った。買っておいたパンを食べ牛乳を飲み暫く何も考えずにベッドに座っていた。大丈夫。きっとうまくいく、と自分に言い聞かせた。部屋の壁の斜め上を見ながら時間をつぶした。

宿を出てバスに乗り目的地まで着くのに二時間半がかかった。意外と時間を要してしまったと思い、腕時計を見ると午前十一時半を回っていた。急がなければ、日が暮れるかもしれない。美咲は少し焦った。そんな自分を落ち着かせるため、深呼吸を二回、落ち着いて、と自分に言った。バスを降りたところでは観光客が多く見られたが、十分ほど湖岸を南へ歩くと人気のないところを見つけた。美咲は白いラッフルブラウスと黒いレディースパンツを脱ぎ持ってきたリュックサックにたたまず無造作につめ込んだ。深呼吸を四回、五回。黙想し精神の統一を図った。

美咲は意識を集中させた。周りの空気の流れが止まったように感じた。足元が不安定になってきた。あのゴムチューブの中にいるように。ゴムチューブは不安定に揺れていた。生き物のように動いているようだ。それが突然上の方へ伸びていき美咲の身体が横へ倒れそうになった時、自然に身体（美咲の意識体）もチューブの動きに合わせるかのように反応した。上に上がっているのか下へ下がっているのか分からない。まるでジェットコースターに揺られているようだ。先言の声が聞こえて来る。

「案ずるな、何も心配することはない。今まで幾度となく乗り越えて来た試練を思い起こすのだ。今の力で打ち破れないものは最早ないと言って良いだろう。先読みの力によると、この先には巨大なものが待ち構えている。それが光なのか闇なのか分からん。それを凌駕しなければ目的の場所には辿り着けない。良いか美咲よ、沈着にことに当ると良いだろう。私もできる限り力を放つことにする。何も案じることはない。自分の力を信じるのだ」

美咲は湖の水面からゆっくり入っていった。水の冷たさも何も感じない。自分の意志ではなく何か他のものの力に引き寄せられる感じだった。美咲は湖の水に同化するように水中を揺らめきながら降りていった。段々意識が遠のいていく。

第二部

新たな旅立ち

第三章　大神官ジェームス

それは土曜日の午後に起きた。この日は非番だったので、午前中に英良はスーパーへ行きショルダーバッグに一週間分の食材を入れて帰宅した。買い物から帰って来ると部屋の中はいつもの部屋とは違って感じる。テレビやテーブルやソファーは当然ながら変わりはしないが、周りから感じる空気感や肌で感じるフィーリングが違う。英良はソファーに座り斜め上の天井板を見た。何も考えずただひたすら座っていた。突然、玄関の呼び鈴が鳴り訪問者が来たようだ。英良は玄関のドアを開け来訪者を見るとそこには白人の青年が立っていた。

「やあ」とその青年が言う。「入ってもいいかな？」と言うと彼はドアをすり抜け玄関へと入って来るとすぐに靴を脱ぎ居間へ入って来た。

「初めまして。俺はジェームス。オーストラリアから来た」そう言うと右手を差し出した。英良も右手を出し握手を交わすとジェームスの手が大きいことに気が付いた。英良の手は成人男性の平均だったが彼の手は一回り大きく指も長く感じる。眼はブルーで髪はブラウン、身長も英良の百七十二センチより高く百七十八センチくらいあった。服装はシンプルで黒いTシャツの上に青いタータンチェックのオープンシャツとジーンズといった格好だった。英良はソファーに座るように促し自分はキャンプ用の折り畳み式椅子を持ってきてジェームスの右隣に座った。

「すぐに分かったよ」とジェームスは言った。

「何が？」と英良は聞いた。

「あんたの住んでいる場所がさ」と言い、「空港からバスで近くの停留所に降りてここまで歩いて二十分ほどだったよ。あんたの放つ光はすぐ分かったよ」

英良は呆然と旧知の友人のような態度で話す白人男性を訝しげに見た。

「ああ、悪かった。俺の目的というか、ここへ来た理由を説明しなければね？」

英良はテーブルにあった自分のマグカップを手元に置き、ジェームスに何か飲むか聞いたところ同じものと言ったため台所から白いマグカップを持ってくると紅茶を作りジェームスへ出すと、彼は「Ｕｈ－ｈｕｈ」とネイティブの意志表示を表した。ジェームスは大きな手の人差し指をマグカップの指さしへ入れて紅茶を一口飲んだ。「実は」とジェームスは切り出した。

「実は、俺達は試されたんだ」とジェームスはマグカップを置いて一言呟いた。

試された？　と英良は返した。

「そう。光神に」

光神？　すぐに英良は繰り返す。

「エリーナ・モーセだ。エリーナの試験を俺達は受けたんだ」ジェームスはそう言うと紅茶を飲んだ。

英良は黙っていた。

「俺達って、ここに居る俺達の他にもまだ二人いるのは知っているか？」

知らない、と英良は言った。

「フランスにいるイヴ、インドのエヴァ、それに俺とあんただ」ジェームスはそう言うと大きな手を再びマグカップへ持っていく。

「試験と言っても俺達の力の加減を測ったのさ。分かるか？」

分からない、と英良は言う。ジェームスは英良の言うことを聞いていないように紅茶をすすっていた。

「俺達の持っている力は甚大で、誰かや何かが俺達の力を必要としているのさ。俺達がいるこの宇宙は果てしなく広い。俺達はこの宇宙の一部であり構成しているもの、つまり構成員なんだ。要するに俺達は宇宙の一部であり、ここに居て存在し、宇宙の動きを成し得るもの、と言える。言い換えると俺達も神の一部と言えるな。まあいい。難しい話は俺も得意ではないし、話を元へ戻そう」ジェームスはマグカップを持ち紅茶をすする。

「試験の話へ戻ろう。もう一週間前だったか、それは行われた。あんたは知らないと言ったな？　知らない間に試されたことになる。エリーナは光の強度を測った。二時間くらいだったと思う、多く光を放ちどれだけ強い力を持っているか試した。最初はイヴが強く太い力を放ち目立っていたな、エヴァは女性だからか息が切れて脱落した。気の毒だったな、かなりのダメージを負ったんじゃないか、タイミングが悪く大闇も迫っていたから。イヴもエヴァに力を添えていたためか、脱落した。残ったのは俺とあんただ。そういえばあんたも独特の光の色を放つな？　自分では分からないだろう？　周りに従えている仲間も特有の光を放っていた。巨大な一枚岩のようなものが見えた。それと武人が二人と精霊だ。そう言うと分かるだろう？　そしてことの顛末は俺が神官のキングの称号をエリーナから受けた」

ジェームスが持っていた荷物は黒いリュックサック一つで、それをソファーの横に置いていた。紅茶をすすりながら英良と意志の疎通を行っていたが日本語が流暢で自然に耳に入ってきた。英良が五感を研ぎ澄まし聴覚が彼の言葉を捉え耳に入れる、と言うよりはジェームスの意志が英良のそれに共鳴し会話を行っているという感じだった。オーストラリアは多少の訛りはあるが英語圏のはず。そのネイティブが日本語を自家薬籠中の物として日本語を操ることに違和感がある。ジェームスは大きな手でマグカップも操りながら英良へ意志を交わしていた。

「俺は変わった奴だと自分でもそう思う。しかし、こんな俺にも一人の親友がいたんだ。その親友と海岸へ行ったある日、彼は砂浜の上のチェアーに座り俺の方を見て笑顔を見せていた。その時だった。突然、海から闇が押し寄せて来た。俺は叫んだ。逃げろ！　早く！　と。しかし遅かった。彼は闇に飲まれ死んでしまった。跡形もなく消えてしまった。すごく後悔したな。俺が誘わなければ、闇などに飲まれなかった。その奴らは俺を襲ってきたのだろう、たぶん。もちろん俺はそんな闇にはやられなかった。彼は普通の人間の力しか持っていない奴だった。悪いのは俺だ。俺だけが生き延びる結果になったのだからな」ジェームスは回想しながら話した。彼はどこか遠くを見ているようだ。

「それでここ極東はどんな感じだい？　あんたも大闇を淘汰したそうじゃないか？　そのことも知っているよ。俺達の間でもあんたのことは大きな噂となっているよ。俺達と言っても世界中には同じ力を持った奴がたくさんいるから。そんな連中は皆あんたのことを知っているのさ」ジェームスは英良を見て頷いた。

二人はとりとめのない会話を行ったが、ジェームスは人間嫌いだという割に英良に対しては旧友のようにフランクに話した。歳は二十九歳。英良より一歳歳上だった。オーストラリアにも封を解かれた七十二柱が這い出し淘汰したと説明していたが、その表情には奢りや慢心は全く感じられなかった。

僅かな沈黙を破るようにジェームスは言う。

「毎日の生活で不満を感じてはいないかい？　時々、鬱積した気持ちを発散させた方がいいぞ。俺達も生身の人間だ。趣味がなければいけない。趣味は料理でいったら前菜と言うよりスパイスのようなものだからな？　日常の生活にメリハリをつけるということさ」

英良は何を意味しているのか分からず、紅茶を口にした。ジェームスは意味ありげに英良を見て軽く微笑んだ。少年が悪戯をした後の冷笑のように。何も分からない無知な人間を上から見下ろしているようにも感じた。

「俺はシドニーで繁華街を歩きながら女をナンパしている。それも一人ではなくて二人だ」ジェームスは意味ありげな顔でニヤリと笑った。

「街には金が目的で身体を売っている女どもがいるのさ。彼女らをフッカーと呼んでいる。男の目を引くような容姿容貌の女性のことを。男が声を掛けると、蜘蛛の巣にかかったハエを食らうように近づいてくる。そうなれば、最後まで行くか、途中で放り出すしかない」

フッカー、と英良は呟いた。ラグビーのスクラムを組んでいる選手のことか？　英良はそのことを連想した。

「違う、ジェームスは英良の思考を見抜いて言った。要するに売春婦さ。身体にぴったりしたミニスカを身に着け男を誘う奴だ。日本語でワンレンボディコンってやつだ。奴らは身体を売ることなどに道徳観を持ってはいない。ただ金が欲しくてそれをやっている。まあ、何もしないで男から金をむしり取る奴よりはましだ。己を欺き周りを欺いて金を巻き上げるのは単なる詐欺行為だ。最もそういう奴らは自分に言い訳をして、持論を正当化している。それに対してフッカーは、仕事でやっている。自分が食うためにやっている労働者、ブルーカラーの労働者と言える。時間と労働の対価でお金を得ている」ジェームスは破顔して言った。

「俺はそんな奴らを二人自宅へ連れ込み、一晩中セックスに明け暮れている。それもとっかえひっかえ。この前はブロンドとブルネットの女性を二人自宅へ入れて朝までやっていた」ジェームスは調子に乗りすぎて反省したのか紅茶を飲み真顔になった。

「あんたも少しは息抜きをした方がいいぜ」

英良は話について行けずただ前を見ていた。ジェームスから発する話の内容があまりにもかけ離れているからだ。大きく分けて二つの話が光の使い手と俗世間の両極端を有している。暫く二人とも黙っていた。ジェームスも自分の話の内容に後ろめたさを感じたのか沈黙した。

ジェームスは沈黙が嫌いなようで、すぐに話題を変えて喋り出す。

「そう、美咲はどんな感じだい？」

「まずまずさ」ジェームスから美咲のことを言われるとは思わなかったので、英良は何を言ってよいか困って答えた。

「そうかい。とんだとばっちりだったな？　あのカオス。あれも闇神の柱の一人だった。日本語では一体と言ったほうが正しいのか？」

英良は頷いた。

「苦労していたようだな？　しかし、初めてにしては四時間くらいで淘汰するなんて上出来だ。あんたの光の力がスパークしていた。俺がいるシドニーまで見て取れた。遠くで光を放つ奴だってね。ただ、なぜ闇神が美咲を襲ったのか？　その意味が皆目分からない。奴の正体を見たか？」

知らない、と英良は答えた。

「全く爬虫類のような姿をしていたぜ。不気味なレプタリアンな感じだった」

レプタリアン？　英良は返した。

「Ｕｈ－ｈｕｈ、そもそも、奴らは実体がないから俺達の視覚に分かるように具現化して見せたのかもしれない。分かるかい？」

分からない、と英良は答えた。

「要するに何でもいいってことさ。認識できる具体的なものであれば蛇でもカエルでも何でもよかったのさ。ただ、畏れや恐怖など俺達の感情に差し込むもの、闇を構成する物とかそれを象徴する物を見せたに過ぎない。と俺は思っている」

なるほど、と英良は言った。

「分かってくれたかい？　少し話がそれたな。それで、美咲の話に戻ろう。彼女は今、生命の旅を続けている。そのことも世界中の光の子が既に知っている。我々も彼女に力を放っていることも知っているな？　特にあんたの力がほとんどだ。それが潰えると美咲の生命の旅も終わることになる。それだけは気を付けてくれ？」

分かった、と英良は答えた。英良は生返事をしたことに少し蟠《わだかま》りを感じた。ジェームスはそこまでは見通してはいないだろうと。

「それと今後、まだまだ大変な思いをするだろう。魂の者。美咲に付いている奴だけど、そう呼ばせてもらうよ。その魂の奴がこれから奇妙な奴と交信をとる」

英良はジェームスのカップに紅茶を注ぎ足した。Ｕｈ－ｈｕｈ、とジェームスは言う。

「奇妙な奴っていうのが、変な爺《じじい》なんだ。変な、というよりもこれも実体がつかめない。それで奇妙な奴と言うしかない」

ジェームスははっきりと物を言う性格だった。日本人はどちらかと言うと、控えめな物腰で会話を行う。露骨な表現で人のことを迷惑だとか、揚げ足を取るようなことは控える。日常生活で慎み深い態度をとるものだ（例外は勿論どこの国にもいる）。そんなジェームスは悪い印象を与えない、むしろ英良には彼の言葉が分かりすぐ耳に入ってきた。彼の表情からも悪い印象は微塵も感じられず、むしろ人懐っこく茶目っ気を感じた。光を持つ者の特有の性格なのか悪いフィーリングを放っていないのだ。

「その変な爺はスワジランドにいるらしい。アフリカの南東部にいることは分かっていたが、スワジランドにいるということを突き止めた」ジェームスは紅茶を飲み真っすぐ前を見つめている。どこを見ているのかは分からない。英良は驚いた。ここまで多くの情報を収集し総合的に対応を組み立てて細かく緻密に分析しているようだ。一見、いい加減に見えるが英良は既にジェームスという人間を見破っていた。明らかに違うと。自分とは近いが異なった特化された大きな力を持っている、とそう思わずにいられなかった。

「その爺は俺達と同じような奴で、特別な力を持っている。まあ、美咲のこれからの進むべき道の水先案内人といったところだ。それでなぜ、その爺が美咲や魂の奴に交信をとり繋がって来るのかは俺にも分からない。しかし信頼できる爺だから心配はいらない。そのことは全て魂の奴に任せればいい。それよりも今後の大変な話というものをあんたに伝えておかなければ」ジェームスは一度話をきった。

「大変と言うより大事な話になる。とんだ巡りあわせというか因果なことだな。これから美咲は神器を巡る旅に出ることになる。もっとも生命の旅を終わってからだけど。安心していい、美咲は死ぬことはないよ。安心していい。彼女はあんたを頼りにしているから言葉を交わし安心させてやってくれ。だけどあんたの力も凄まじいな？　あんたは言葉を放つだけで全てを解決する力がある。この前のカオスを滅した時もそうだった。あんたの言葉を光に乗せて放つと闇がぶった斬られていった。闇はまた修復してかかって来たけどな。それの繰り返しで粘り強く戦ったあんたは勝った。もう気が付いているだろう、って言うか何回も耳にしたことがあるよな？　誰かに言われたことがないか？　ただ単に機械的に言葉を放つだけで効果が出るやつだ。日本式の名前は『遠式言施霊行《えんしごんしこうれいぎょう》』っていうらしい。漢字っていうやつはなんだか難しいな。ディフィカルティというのか、そもそも難解でうちらにはさっぱり分からないけど、俺は不思議な魅力を感じる。言葉の力、言霊を感じる。まさにワンダフルってやつだな。『力天』もカッコイイな。そんな言葉にあんたのスピリットが込められているんだろう。あんたにしか使えない特別な力だ。四人ともそれぞれ特化された力があるってことだな。これからも美咲を助けてやってくれ。エヴァも忘れるなよ」ジェームスは紅茶を一口飲んだ。

「それと、近いうちに美咲が直面すること、さっき話したこと。神器を巡る旅に闇の集団が彼女を襲ってくるのが分かる。その時も彼女を助けてやってくれ。何が必要なのかは魂の奴が指示をくれると思う。分かっていると思うけど俺達の光は闇の奴らには見えない。光で美咲を包み込むと闇にはその姿が見えない、というのか認識できない。一時的な避難で守りに入っているだけだ。バブルで自分達を包み違う状態を作り出している。分かり易く言えば、闇とは違う次元で幻惑状態にしているということだ。正確に言うと次元という表現も正しくはない。そもそも隔たりを形成するとお互いが認識できない、という状態になる。そんなわけで出来るだけ多く力を放ってくれ。俺も出来る限り美咲の光を追っていく。光化して追っていく」

「光化？」英良は聞いた。

「そう光化だ。言い忘れたけど、俺の特化された力だ。説明すると分かりづらく、俺もうまく言えない。ようするに意識体を光に乗せて移動する、と言うことだ。魂の奴が美咲に付いていくって言ったな？　そんな状態に近いと言えばそう言えるが、少し違う。SFチックな話でもないんだ。現実的な事象でその中で俺達は力を出しているに過ぎない。きっと、そんな力に巻の現象がシンクロしてくるんだろうな。気まぐれな現象が偶然重なってくるやつだ。その中には良いものもあるけど、中には悪しきやつもある。その多くは非物理的なやつで実体がない。実体のない悪いものはあんたの力でぶった斬るしかない。日本に古くからある『シュライン』（神社）にお札とかお守りがあるよな？　その中にもジャパニーズ漢字が書かれてある。アルファベットは二十六文字しかないけど、日本の漢字は独自に進歩して沢山の文字や意味を持っている。言葉それ自体が力を持っている。普通の奴は自分を守るお守りにしかならないが、あんたが使うと攻めの道具になっちまうぜ。それを闇の力は欲しがっている、というのかあんたのことを取り込もうとしているのかもしれない。こっちにいると光の力だけど、あっちから見ると大きな脅威だからな。力天、増天、誇龍、光力千陣羅生門なんか強い意味と力を持っている。あんたが従えている日本の古の仏はそれを受けただけで力が何倍にも増幅される。自覚は無いだろう？というか、実感がないだろう？　自分でも知らずに力を放っているのさ。魂の奴が持っている言霊をあんたが使うと強烈だ。縞獅子《しまじし》、天光崇廼《てんこうすうの》は未熟な奴が使うと自分に跳ね返ってくる。運転できない車を操作しているようなものだな。どこへ突っ込んでいくのか分からないって状態で自殺行為だな。俺の話に戻そう。俺は自分を光化して中東のある場所を見て来たんだ。まだまだ紛争が続いている危険な地域だ。そこにはまさしく危険な奴がいる。気を付けろよ。機会をみてあんたに接触してくるかも分からんぞ。来たとしても相手をせずにシカトしたほうがいいのかも分からん。それもあんたの判断次第だ」ジェームスは紅茶を飲み干し、左腕にはめていた黒い多機能型の腕時計を見た。

「もうこんな時間か、そろそろ俺は戻らなければ、あんたに会えてよかったよ。何かあれば相談にのるよ」ジェームスは右手を出し英良と握手した。横に置いてあったリュックサックを取ると玄関へと向かった。

「靴ベラを使うかい？」英良は靴ベラを差し出した。

「Ｕｈ－ｈｕｈ」ジェームスは靴ベラを使って大きなサイズのスニーカーに足を差し込み振り向くと英良へ別れの挨拶をした。玄関のドアを閉めてジェームスは出て行った。足音が少しの間、英良の耳へ入って来た。完全に静かになるとひっそり感に部屋中が支配された。

英良は帰途についていた。腕時計を見ると午後六時過ぎ、日が短くなりこの時刻は十分夜の帳に覆われていた。自宅アパートまでもう少しのところで白い猫の姿を見かけた。周りが暗いということもあり、その猫は白く光って見えた。英良が近づくと五メートルほどのところで「ニャー」と柔らかい声で鳴くと少し遠ざかり英良を見ていた。呼んでも近づいてこないのでしばらく見つめているとその猫は姿を消していた。全身が全て白い猫を見たのは初めてだったのでその場所に黙って立っていた。

ふと我に返り、部屋に入り手を洗うとソファーに腰かけ足を組んで暫く天井を見ていた。白い猫。何か繋がりがあるのか？　単なる偶然なのか？　ぼんやりしていた。その後に風呂に入り冷蔵庫から冷えたビールを取り出し鶏のから揚げと漬物を食べながらテレビを観ていた。一時間ほどで平らげてしまうと急に強烈な睡魔に襲われた。英良はゴロ寝をせずに歯を磨き布団に入るとすぐに熟睡し身体は下方へと沈んでいく。布団とマットレスをすり抜けて行った感じだった。

「英良さん」小さな声で誰かが呼んでいた。聞き覚えのない声だった。「英良さん」今度ははっきりと聞こえた。

「私はエヴァ、聞こえますか?」

英良は声のする方を見た。一人の若い女性の姿が見えた。

「光の神の導きで会うことができましたね?」

エヴァ? と英良は呟いた。

「はい、貴方と同じ四皇神官。既に知っていますよね?」

知っている、と英良は答えた。

「やっと辿り着いたと言ったらよいのでしょうか。貴方のことはユタから聞いています」

「ユタから?」

「はい、ユタは私のところへ来ました。私を見ていたので呼んで色々話を聞きました。ユタから聞いていませんか?」

聞いていない、と英良は答えた。

「そうですか。私の住むインド。ここでも封を解かれた悪魔が這い回り私は多くの僕を失いました。私に仕える多くの精霊たちが姿を消していきました。力なき植物の精霊までも。その元凶の大闇。その大闇に凌駕されここは既に壊滅状態となっています。私は象の神、ガネーシャから予知の力を借りて動いております。全治全能の神エリーナ様から御力を頂き敵と戦っていますが。英良さん、貴方には何か感じるのですが。この気持ちは何でしょう？　不思議です。英良さん、貴方には何か生命を感じます。新たなもの。よく分かりませんが心の奥底から溢れる何かを感じます。もしよろしければ私の力を解放して英良さんの力を覗いてもいいですか？」

はい、と英良は答えた。

「ではこの画像の眼を見てください。私が力を込めたこの言葉を『サディム アミ ルディウム』これに光を込めて送り返してください。一度で全てを見せてもらいます」

英良はその画像というか絵を見た。象の左側が見える。その象の眼を見て言葉を唱えた。

「見えました。私の体内に生命が。そうゆう事だったのですね。私の感じていた事が全て見えました。あなたの仲間の存在も敵も。私の事を話さなくてはなりませんね。私はこの血、運命づけられた王族に生を受け生まれた瞬間から光の訓練を受けてきました。四歳になる頃には動物と会話が出来、十歳を過ぎた頃には植物との会話も出来るようになりました。今までたくさんの精霊が私を守ってくれました。このインドの地にいる悪魔はソロモン七十二柱の一体アラマンダ。蛇の悪魔が彷徨っています。神官は私ともう一人、側近の爺サライだけだったのですが、極東の戦況を詳しく教えてもらえますか？」

英良はいままで起きた出来事を話して聞かせた。自分にとり憑く闇との対峙と二仏との邂逅、その他の者達との複雑に絡んだ運命的な遭遇、美咲のことも話した。

「イヴやジェームスのことも知っているのですね？　全て運命なのでしょう。でも私に残された時間もあとわずか。生命を懸けてでもここを守らなければ、大闇をここで封じなければ平和な生活は戻ってこない。全てを失ってでも私がやらなければならないことはただ一つ。運命の人、英良さん。貴方なら分かってくれるはず、それを一言伝えたくて。英良さん、いいですよね。英良さん」

エヴァの言葉は途切れてしまった。英良は何か嫌な予感がした。生命を懸ける、と言ったことが気になった。

二〇〇九年九月三十日
英良は深い眠りの中にいた。そこに毘沙門天が現れ主の英良に対して突然諫言に近い言葉で話しかけてきた。
「一つよろしいか英良様？　これからの打つ手で御座います」毘沙門天は続けた。「まずは後手に回らないように好機を逃さず攻めることに御座います。それも深追いせずに引き際を見極める。主導権を維持していく。損傷も最小限にとどめる。これは上策と言えます」
なるほど、と英良は言った。

「二つ目の策は闇の動きを静観し、動きあればそれに合わせ対峙する。深追いせずに損傷も受けませぬが、敵意に主導権を取られる可能性があります。これは今まで通りの対応と言えます。これは中策かと」

英良は頷いた。

「三つ目はこちらが先手を打ちできる限りの力を放ち攻め込む。どこまでも追い詰めることに御座います。しかしながら敵意の奇襲にあう可能性をはらんでいます。これは下策と言えましょう」

英良は何も言わず沈黙が続いた。

「六つの敵意がここ地獄の下層へ放たれた今、安易な判断が自らを追い詰めることになります。これらの悪意は好奇を見つけ何処で現れるか読み取れない今、一つの判断が我等の今後の勝敗を左右いたす。もう久方、この六つの敵意ですが、何も気配を感じないので御座います英良様。それが何やら地獄の下層に不穏な暗鬼の幻影と映るので御座います。我が以前話した六つの敵意はご存じかと思いますが？」

知っている。と英良は答える。

「それらはまだ姿を現さないと思われます。姿を容易に現さないのはかなりの力を持っている証しに御座いますぞ。我等の僅かの隙を狙い間隙を縫って攻め入って来るかと思われます。それがいつになるのか、それを敵意に与えないのが賢明なる策に御座います。駆け引きとは別に超然とした意志が求められることになりますぞ、英良様。まずは大天狗の袈裟、鬼頭領の朱隗が堰を切って雪崩れ込んで来るでしょうぞ、何れも人界で負の感情をもちたる者により作り上げられし闇の化身、我等の前に立ちはだかりし時は我の羅生門で斬撃にしてくれましょう。それとも一つ憂慮することが御座います。それは異国の闇に御座います英良様。人界より放たれた闇の矢。これを感じたので御座います。我に向けられた闇矢。英良様は何か思い当たることは御座らぬか？」

知っている。と英良は答えた。

「何と？　やはりご存じであったか英良様？」

「その存在のことは聞いている。光と相反する微弱な波動と何となく阻害されている雰囲気を感じるが、まだ接触していない。しかし確実に接近していることは確かだ」

英良はソファーに座り天井を見上げていた。暫くぼんやりしていた。もうどれくらい時間が経っただろうか？　時間の過ぎ行く感覚も失われるほど五感が麻痺しているようだ。英良は覚醒しふと時計を見た。午後十一時五分を指していた。何も考えず何もしないで時間の流れに身を委ねる。空気の塊が風となって運ばれていく。英良は自然の普遍的な流れの中に弄ばれる一片の枯葉のように再び眠りについた。

英良は広い畑の中を歩いていた。空はどんよりして周りも薄暗い。誰もいなかった英良の前方に一人の女性が農作業をしていた。身をかがめ何かを探しているようだ。近づいていくと何かを探しているというよりは一心不乱に地面を掘っていた。周りの気配には全く気が付かず地面を掘っていた。それはまさにミレーが描いた『落穂拾い』の場面のようだ。『ルツ記』に由来したそれと美咲が英良の夢の中で一致した。将来ルツはダビデの祖父になる子を産んだ。ソロモンはダビデの子としてイスラエルの王となる。複雑に入り組んだ過去の記憶が英良の夢の中で具現化して現れた。

作業をしていた女性は地面を掘り続けた。そこに悪魔が降り立ちそれを阻もうとした。悪魔はしきりに何かを話しかけた。囁くように耳を傾けるように言葉巧みに話しかけた。

気が付くと悪魔は容姿端麗な若い青年に変わっていた。作業を邪魔するわけでもなく近づいて来た。彼はこちらを向かせようと話しかけていた。女性は手を休めずに作業に没頭している。悪魔は巧妙に自分の正体を隠し囁き続けた。魔性の言葉で引きずり込もうとする。一度でも手を休めると全てが不毛のものとなる。女性はあえて言葉を交わさなかった。何か聞かれても答えなかった。悪魔の誘いか自分を陥れる言葉であるのか傍から見ていると分からない。女性は泰然として自分の仕事に集中していた。悪魔は女性が探しているものを止めようとしているようだ。神器だ、と英良は気が付いた。女性が探しているものは神器だった。今までその存在を聞かされていた神器。それがどういうものか、それがどこにあるのか分からない。しかし美咲は世界を巡りそれを探している。それがあるに違いない。英良は確信した。

英良の夢の中でルツとダビデの祖父、それにソロモン王の記憶の連鎖と美咲がルツと符合して現れてきた。刈り取った後の畑に容姿端麗な青年と化した悪魔は諦めずに女性を誘惑していた。女性（美咲）は毅然とした態度で畑の中を掘り下げていく。女性の顔が一瞬驚嘆したように変わった。何かが見つかったようだ。突然その場面がフラッシュでたかれたように煌めき英良の視界を遮った。何も描かれていない真っ白なキャンバスのように視界が変わった。

英良の章（二）

美咲は真っ暗なところを進んでいた。時々いくつもの気泡のようなものが見えた。遥か前方に動くものが見える。それは近づくにつれはっきりと見えてきた。巨大な龍だ。その龍は美咲の行く手を阻むかのように縦横に動いていた。攻撃的な雰囲気を感じることもなく敵か味方か分からなかった。美咲の行く手を阻むと言うよりは何かを守るような気配を感じさせた。美咲をどこかへ誘うように通り道を空ける動きのようだ。何処までも暗いところを何かの意志に導かれるように進んでいる。その意志に誘われるように進むと七体の石像が見えてきた。

「美咲、それだ。左から三番目の石像へ光を放て美咲よ、間違いない。その石像だ」先言は言った。

美咲はその石像を見た。顔は丸く手は見当たらない。日本にあるお地蔵さんのようだ。それは自分で右へ回ると足元に一メートルくらいの歪ができた。そこへ入るようにと何かの意志が示しているようだ。

中へ入るとそこには石窟のような空間が広がっていた。何を目的に作られたのかは分からない。ただ美咲が入ってから程なく闇も入り込んできたのが分かった。湖面に集まっていた闇の群れが一斉に湖底へと迫って来た。その数は光を全て飲み込むほどの大闇の気配だった。その闇の群れは石窟を捉え次々と侵入した。間違いなく対峙となる。闇に大自然の死海の水の驚異は響かない。美咲の微かな光に向け猛追するかの如く向かっていた。死相高まる時。『天光崇廼《てんこうすうの》』纏う光尽きれば、対峙に向ける力は放てなくなる。この時、終焉を迎える時ではない。美咲も諦めなかった。美咲の精神の動揺が激しくなって極限に追い込まれると最早勝ち目はなくなるだろう。

しかしなぜか闇の攻勢も弱まったことに気が付いた。明らかに闇の力が衰えていた。英良の力が増幅したわけではなく無論美咲の力でもなかったが、それは間もなく判明した。石像を守護していたあの龍だったのだ。その者は闇の力を阻む光の者となり闇の加勢を防いでいた。光の者とも闇の者とも正体が掴めなかったが、恐らくはそのどちらでもなかったのだろう。しかしその龍が援護したがその力も長続きはせず、光の力が弱まり再び闇が攻勢になる状態が徐々に勢いを増してきた。美咲を飲み込み全てが終焉となる生命の危機が迫って来たその時だった。強い光が美咲を包み込み闇から守った。そこだけが泡状の空間となり闇からは美咲の姿を捉えることはできなくなった。

英良は夕食を済ませるといつもどおりグラスにウイスキーを注ぎ炭酸で割った。テレビは何も面白い番組が無かったのでテレビを消しラジオをつけると五〇年代から六〇年代のアメリカのポップスとロックの特集を放送していた。丁度オールディーズの『砂に書いたラブレター』が流れていた。耳から入って来る音楽を聴いているうちに強烈な睡魔が襲って来た。英良は足を組んだ状態で頭をソファーの背もたれにおきうたた寝をした。心地良い状態で英語の歌詞が英良の脳内というブラックボックスの中で日本語に翻訳された。不思議なことに英語が日本語として聞こえてきた。まるで美咲からのメッセージのようだ。その歌詞の中から突然声が聞こえてきた。

「英良。聞こえるか？　俺だ。ジェームスだ」聞き覚えのある声が聞こえた。

聞こえる、と英良は答えた。

「前置きは後にする。これを見ろ」ジェームスはそう言った。

英良は眼の前にある光景を見た。それは夢というより非日常的な光景だ。一人の若い女性が全裸で両膝を抱えて大きなシャボン玉の中にいた。まるで母親の胎内にいる胎児が羊水の中にいるように不安定に動いている。美咲だ、と英良はすぐに分かった。その周りには奇妙な、と言うよりは実体の分からない何か他の者達が蠢いていた。それらは四つ足で這いつくばるように動いたり首が短く（首が無いと言った方がいい）、肩からすぐ顔が見えた。その顔は眼と口があるが鼻が見えない醜悪なモノが数人いた。それらは何かを探すように美咲のいる大きなシャボン玉の周りを徘徊していたがなぜかシャボン玉には全く気が付いていない。気が付いていないと言うよりは見えないようだ。

「いいか。これから美咲を元へ戻す。それにはあんたの光の力が必要だ。いいかこれから魂の奴があんたに指示をだすぞ。これからはその指示に従え。オーケー？」ジェームスはそう言うとまたオールディーズの曲が聞こえてきた。英良は深い眠りの中へと沈んでいく。鈍く重たい声が聞こえてきた。先言の声だ。

「主《あるじ》よ、聞こえるか」先言は続ける。「主よ、これより美咲を元へ戻す。それには主の力が必要になる。闇に飲まれるとここで全てが終わる。良いか主よ、美咲へ光を放て。主の強い意志が美咲を救う」もうオールディーズの曲は聞こえなくなった。何も聞こえない何も見えない真っ暗な深海の中を美咲を追って漂っているようだ。英良は祈った。気持ちを込めて念じた。美咲を包み込む光のシャボン玉が見える。

美咲が気が付くとそこは最初の湖岸だった。美咲はその時紙片を握っていたことに気が付いた。その中には見たこともない文字が書かれていた。美咲はとにかくリュックサックの中から服を取り出すと身に着けた。そしてその紙片をたたみ失くさないように胸ポケットにしまいこむとその文字の意味を調べるためすぐに宿へと帰った。

翌日、美咲が市内の図書館へ行き調べているさなかのことだった。光が射し込みある一か所を指した。そこには一冊の本があり、その本にはアフリカにあるスワジランドのことが載っていることが分かった。スワジランド。生命の旅はここで終わりのはず。そう思った矢先のことだった。

それは美咲に課された運命であり、聖なる女の宿命。この先も光と闇の融合の旅が続くかも分からない。それを確かめなければならない。

何をしていいのか何をしなければならないのか同じことの繰り返しの日々が三日間続きその日の夜に先言が夢枕に立った。

「主に告ぐ。スワジランドはアフリカの南西部に位置する小国。そこには光を持つ老人がいる。その者が光を送ってきたのだ。それには大きな意味があるらしい。生命の旅はここで終わりのはず。美咲の生命の旅はまだ終わってはいないのか？　主よ、これより我等はスワジランドを目指すことにする。主も美咲を見守ってくれ」気のせいか先言の声は逃げるように聞こえなくなった。

美咲は空路と陸路を乗り継ぎ左手にインド洋を見ながらアフリカ大陸を南下していた。美咲の眼には海の色は濃い青色に映る。深い青の中に穏やかな静けさを湛えた大洋が続いていた。長旅のためか長く眠っていたようでバスはもうすぐモザンビークの南部の都市のマプートに着こうとしていた。街には活気があり近代的なビルが建ち並んでいる。宿はすぐ見つかりシャワーを浴びると近くのレストランで軽く食事をとり一時間ほどで宿の自室へ戻った。この日は極度の疲労と解放感から美咲はベッドに仰向けになると自慰行為を始めた。自慰行為の頻度は少ないほうだったがなぜかこの日は身体からあふれ出る性欲を抑えきれなかった。美咲はキャミソールとブラをはずし左手の人差し指と親指で右の乳首をつまんだ。気持ちいい、と呟いた。白いシルクのレースパンティーの上を右手でなぞっていく。中指で硬く突起したクリトリスを触った。左手は同時に右の乳首を強めにしごいていく。両足の太腿に力が入り密着していく。右手の親指の先でクリトリスの包皮を軽く上からこすると、あっ、と声をあげた。美咲の状態はベッドの上で大きくのけぞっていく。右手の親指に力が入り爪で強くクリトリスをこすり続けると美咲は枕カバーを噛み両足の裏をベッドにつけ腰を突き上げて右手の中指でクリトリスを大きく回すようにこすり腰を左右上下に動かした。十分くらいの自慰行為で何かが身体から吐き出されたようにすっきりしたようだ。全て終わると美咲は英良さん、英良さん、と二回呟きかなり湿ったシルクのレースパンティーを脱ぎ捨てシャワーを浴びた。自分は普通の人間であり特別な存在でもない。これまでは幻想としての現実ではなく幻想の中に自分が存在していたのでもない。ただ今まで非日常的な世界にいたためか現実の世界の自分を再認識したかった。単なる現実逃避の手段としてこういう行為をしただけだ、と美咲は洗面台の鏡の中の自分に言った。

陸路でスワジランドの首都のムババネへ入った。国境をまたいだためか少し時間がかかったようだ。モザンビークの国境からスワジランドに入ると景色も雰囲気も違ってくるのは気のせいなのだろうか。内陸部と言うこともあり山霧が立ち込め山間部に集落が見えて来る。

先言は忠告するように告げた。

「美咲よ。強い悪意を捉えた。おそらく間もなく対峙となるだろう。気を緩めるとここで全てが終わる。主の力も借りなければならないような脅威だ」先言は続けた。「そうか。はっきり捉えた。死霊だ。それも土中から這い出て来る人の群れだ。何かに操られてここへと迫って来るのを感じる。実体のない者、それだけしか掴めない」

「ゾンビみたいな奴かしら」美咲は落ち着いたように言う。

「そうだ。五時間後にそれは襲ってくる。先読みの力でもそれ以上は見えない。この後は瞑想に入ることにしよう。平常心であれば負けることはないだろう」先言は告げた。

美咲は宿を探した。治安は安定してはいるが性犯罪はまだ高いとマップートで聞いたことを思い出した。なるべくセキュリティの良いところを探したがみな同じようだ。街の中心部へ出て五階建てのホテルに入りフロントへ行くと三人の黒人男性の従業員がいた。英語が通じなかったが真ん中に立っていた従業員が手際よく五階の空き部屋を取ってくれた。部屋のキーは部屋番号を書いた丸いプラスチックのプレートに紐付けした簡単な作りだった。部屋は五〇四号室で部屋に入ると四畳半くらいの部屋にシングルベッドと小さい机が置いてあるどこにでもあるようなシンプルなレイアウトの部屋だった。

美咲は着替えてすぐにベッドに入ると瞑想に入った。ゆっくり大きく深呼吸すると身体はベッドに沈み込むように眠りに就いた。水の音が聞こえる。美咲は人が一人入れる小さな卵型のボートの上で寝ていた。ボートはゆっくり進んでいるようだ。美咲は眼を開けずに瞑想を続けた。どれだけ時間が経ったのだろうか、ボートはもう止まり美咲は起き上がり周りを見渡すと見渡す限り荒涼とした砂地が続いていた。美咲はボートから降り砂地の上を歩きだした。足元は歩きづらくなかなか前へ進まない。何もなかった砂地に突然風が吹いて来た。始めは弱い風がだんだん強くなり砂が舞い上がるほどに強く吹いて来た。

「来るぞ。土中から死霊が這い上がって来る」先言は告げた。

先言の言葉が終わるのと同時に土中から人影が数体起き上がって来た。始めは数体の人影が見る見るうちに幾重にも連なり美咲へと迫って来た。それは意志を持たない単なる操り人形のように遅々たる動きで歩いて来た。

「主よ。美咲に力を。今こそ主の力が必要な時だ。天光崇廼の力をここへ頼む」先言の言葉が聞こえてきた。「英良さん、力を貸してください」美咲も言う。不気味な人影がうめき声を上げて迫って来る。美咲の眼の前まで迫って来た人影は後ろから煌めいた強い光を浴びた。車の強いライトが当たったようだ。その光は人影を照らしただけではなく人影そのものを貫くように刺したかと思うと強い風となって人影を砂塵と化し吹き飛ばした。美咲の周囲はサハラ砂漠のハブーブのように眼が開けられないような大嵐になった。

先言は静かに声を掛けてきた。

「美咲よ案ずるな。闇と対峙になったが主の力とともに全て淘汰したようだ。屍を生かす禁呪を使ったようだ。しかしもう案ずることはない。全て淘汰されたようだ。主の力といっしょに力を放った者。おそらくはスワジランドの光の子だろう。その言葉によると闇の力は一つではないようだ。それは光の力も同じ。多くの闇の力が悪意となって襲ってきたようだ。もう心配はない」

嵐はもう既に収まり元の砂地に戻ると光の筋が現れた。スポットライトの光がいくつも回るように注がれてきた。

「よくぞ来られました。お待ちしておりました」光を背にした者が静かに言った。

「貴方がスワジランドの」美咲が言うとその声の主は小さく頷いたようだ。光を背にしているので声の主は黒いシルエットにしか見えない。

「この後はコンゴに行かれるとよろしい。そこに貴女の求める物があるでしょう」

「神器ですか？」美咲は訊ねた。

シルエットの顔が頷いた。光の煌めきが弱くなってきたようだ。それとともにシルエットも消えかかっている。美咲がスワジランドの光の子のことを確かめる間もなく全てが消えていった。


何もない時間が過ぎていく。英良は仕事が終わりいつも通り冷えたビールのロング缶を二本飲み何もせず何も考えないでぼんやり時間を過ごしていた。そうこうしているうちに二時間が過ぎた。酔ってはいないにせよ睡魔には勝てず歯を磨くと床に入ることにした。

また今日が終わろうとしている。そんな夜に先言が夢枕に立ち英良に語り掛けてきた。

「主《あるじ》に告ぐ。これまでの経緯を話そう。我等はスワジランドへ着きここで光ある老人と出会った。不思議な光を持つ者だった。その者の話によると美咲の浄化は不完全なものらしい。身体に掛かる闇の力は払拭されたが、根の部分が完全に取り除かれていないようだ。だが案ずることはない。急を要する事態にはならないであろう。ただ大きな力に巻き込まれていることは確かと言えよう。それも因果律の法。美咲はまだ闇の渦に翻弄され対峙する定めを負っている。ここスワジランドに来るさなかの出来事だった。我等を襲う闇の力を一掃した。

それとスワジランドの光の子からの助言を主へと伝えよう。良いか主よこの後美咲は主の元へと帰ることは叶わないであろう。それはすぐにと言う意味だ。まずは、コンゴのどこかに隠されている神器を探し出さねばならぬ。その手立てとなる法を掴まねばならぬ。少し様子をみて動くこととする。必要があればスワジランドの光の子と交信し情報を集めることとしよう。必要があれば主にも力を仰ぐこととする。しばし休むといい」先言は続ける。

「美咲は無事だ。案ずることはない。世界の光が美咲へと集まっている。多くの困難に立ち向かいそれを破る快進撃をなおも続けている。良いか主よ、主の力次第で美咲のこれからの命運も決まることを忘れるな。常に周囲の動きに警戒し心の隙を見せてはならぬ。

さらに主に余力があれば美咲に力を放ってくれぬか、万能の力、天光崇廼！　主に余力がある時で良い。一つでも多くの力を美咲に願いたい。これからも容易い道ではないが美咲の旅は続くことになる。その都度、主には力を仰ぐことになる。今後は今までとは違った異国の闇、経験したことのない異質の闇が美咲に襲い掛かって来るであろう。それに抗するためには守る力では足りないであろう。こちらから打開しなければならない。その時は言霊の奥義を主へ伝えておく。愚譲賢否《ぐじょうけんぴ》。この言霊を美咲へ放つのだ。この言霊の力は強く、美咲を守ることも闇を穿つ力も持つ。一つの判断の誤りが全てを不毛のものへ変えてしまうことを忘れるな」一先言の声が小さくなって、聞こえなくなった。

心地よい睡魔を感じる。眼を閉じると上体が右へと倒れて来る。英良はその度に目覚める。その繰り返しだった。英良は睡魔に勝てずいつか感じた意識の深淵に辿り着く。何かが語るように音が耳に入って来た。ラジオの雑音のようだ。それは段々英良の耳に馴染んで金属音のように聞こえてきた。

「エリーナ・モーセだ。よく聞け。優里に死の闇が迫った。突然なる闇、私の結界を抜け優里へと今まさに力を這わせている。おまえの愛ある光が優里へ必要だ。私を介して優里へと光を注ぎ込む。意識が落ち闇に飲み込まれようとしている。仲間への力も遮られる可能性がある。愛ある光を私に集めるのだ。サヴァイ　ヴァイイーツエル　イシュトーラム。私にこの光の言葉を。優里が闇に引きずり込まれようとしている。意識が落ち待つのは死。私と優里の関係性を闇は捉えたようだ。私を介して優里へ光を注ぎこちらへ呼び戻す。おまえの愛ある光が必要だ。私にこの光の言霊を集めよ。優里に仕向けられた死を持つ闇の力。この光の言葉で遮る他ない。私を介して優里に光を届けなくては。優里が死に覆われる。おまえの愛ある光が必要な時だ。優里が死せばおまえの未来も大きく変わる。力を。光を私に集めるのだ」エリーナ・モーセはそう言うとまた元の暗闇に戻り英良はただ祈った。暗い闇が晴れてきた。今まで全てを遮るように覆っていた厚い雲が晴れたようだ。

「英良さん。長い間眠っていたようです。色々な夢を見ました。一体何があったのか。まだ頭がぼんやりしています。光に包まれる私の身体。何も覚えていません。でもお祈りをしないと英良さん。力の限りお祈りを捧げ続けます。エリーナと英良さんを感じる光が、私がこうして言葉を送れるのは英良さんのおかげです。お祈りを捧げます。ありがとう英良さん」優里の安堵した声が聞こえてきた。

英良は上体が大きく横へ傾いた時に目覚めた。エリーナ・モーセと優里が英良の魂に呼び掛けてきたようだ。時計の針を見ると午後十一時三十五分だった。今日中に寝ようと思い英良は歯を磨き寝巻に着替え布団に入るとすぐ寝付いた。

「英良さん、聞こえますか。美姫です。英良さんに迫った闇の力を観音様も感じたと仰いました。以前英良さんに張った結界の隙間を縫うように闇の力が入り込んだようです。観音様にお願いしてもう一度結界を作りますがどうしますか？」美姫は言った。

いらない、と英良は答えた。

「そうですか。何処から闇の力が入り込むか分かりません。英良さんの窮地は他にもつながります。ここで力が弱くなると悪い連鎖が起きます。それでも不要ですか」美姫は再度尋ねた。それでも英良はいらないと答えた。

「分かりました観音様にはそうお伝えしましょう」美姫は余計なことは言わずそう短く答えた。

英良は自分には何もいらないと感じた。それは無碍に何もしないのではなく必要性が無いと感じていたからだった。はたから見ているとやる気がないように見えても自分では無駄に感じることはやらないようにしていた。この時の美姫の感情は前者の方だったようだ。英良は何も考えず眠りの深淵へと入り込んで行く。遥か遠い魂の記憶が再燃するように弱い渦が巻いていた。

第四章　モケーレ・ムベンベ

美咲の章（三）

二〇〇九年十月十四日
あれからもう一か月も過ぎたのか、と美咲は感慨深げに呟いた。二〇〇九年九月十日。それは生命の火が消える日まであと二日の夜のことだった。イスラエルで長い生命の旅を納めたのはエリーナ・モーセ。美咲はこの日のことを回想した。
「エリーナ・モーセだ。言葉を交わすこと久方ぶりとなる。よくぞここまで辿り着いたな聖なる女よ。闇との対峙でおまえに憑いた闇の根源はここで払拭された。これからはおまえと対をなす極東の光の子が世界を覆い尽くす闇を払うだろう。おまえ達の功績は大きい。しかしおまえの旅は終わりを迎えない。世界に散らばる神器。それは四となる。それを勝ち取り全ての決着をつけるのだ。良いか崇高なる光の意志に休息はない。もしおまえが旅より早く途中で生命を終えることがあれば全てが終焉となる。おまえと宿命的に結びついている極東の光の子と魂の者、仲間を信じ神器を勝ち取るのだ。これからはもっと厳しい壁に直面する。よいな聖なるものよ。おまえの命運が世界の未来を変えることを忘れるな。判断を誤ることなく対を成す者と滅びゆく星の未来を変えるのだ。よいか。おまえ達にはこれからも大いなる光を与えよう」エリーナ・モーセは金色で大きな孔雀が羽を広げたように金色に煌めき美咲は直視できなかった。その光は暖かく感じ過去の悔恨など全てを無に帰すように美咲を照らし出した。ここで生命の旅はやっと終わった、とそう思い美咲は目覚めた。時計を見ると午前六時だった。身体の疲労はなく心地よい目覚めだった。エリーナとの対話は終わった。しかしまだ神器の旅が続くとエリーナは言っていた。それが自分にとっての宿命の螺旋であり一度は失いかけた生命。自分の力が誰かのために役に立つのだったらこの後も前へ進もうと美咲は決めた。そうですよね、英良さん。必ずこの旅を終えて帰ります。と美咲は呟いた。

美咲はアフリカ全土の地図を見た。スワジランド。南アフリカはすぐ分かった。その隣国にレソトがある。その北東部に位置している国がそれだった。少し東へ行くとアフリカの東岸に行き着きモザンビーク海峡を挟んでマダガスカル島が位置している。何か強い力を南の方から確かに感じた。大きな乗り物に乗って揺られながらどこへ行き着くのか分からずに自分でもどうしようもないような強い力を感じた。先言は告げる。

「美咲よ、スワジランドの光の子からの情報ではアフリカの奥地に何かの手掛かりがあるとのことだ。それが何か今のところ、私の先読みの力でも分からない。とにかく、先へと進むより方法はないようだ。これから奥地へと進もう。目指すはコンゴの国となる。そこで神器なるものを手にするのか、神器の手掛かりとなるものに遭遇するかは分からん。かなり困難を極めることに間違いはない。容易な旅にはならないであろう。それは今までと同じと言える。良いか美咲よ、この先幾重にも我等を阻む闇の力を振り払い神器を手にするためには大きな力が必要となる。主には助力を惜しまぬように伝えておいた。『天光崇《てんこうすう》廼《の》』、美咲の生命を繋ぎ強める力。それと『愚譲賢否《ぐじょうけんぴ》』、これは万能なる力。あらゆる悪意に囲まれても突破する力を発動する言霊となり得る。これは主にしか放つことはできぬ。良いか美咲よ、神器への旅は簡単には成就できないことは確か。世界中の光ある子の力がお前の行く先に集まる。主の力も含めて。良いな。決して案じることはない。自らの宿命と捉え一人の力だけではないことを心に刻みこの困難を乗り越えろ。私もスワジランドの光の子から可能な限り情報を集めることにしよう。少しの間、休むと良い」

美咲は先言の言葉で気持ちが落ち着き安心した。シャワーを浴び夕食を簡単に済ませた。夕食といってもバターロール一個と野菜スープを取りベッドに腰かけた。壁に掛けた大鏡の中に映る自分の顔を見ると痩せたと思った。日本にいる時より頬がこけて小顔になった印象だ。胸も小さくなりTシャツを着ても胸のふくらみが分からず男性と変わらない身体付きになっていた。頑張りとおそう、と思った。やりきらないとそれで全てが不毛のものに終わってしまう。何もやらなかったことと変わらない。今まで行ったことが全て泡のように消えてしまう。迷いや疑念を感じることは止めよう。英良さん。必ず帰ります。見守っていてください。美咲はそう呟いた。

　美咲はヌジリ国際空港へ着き首都キンシャサへ出た。赤道上に位置し湿度が高く蒸し暑い。日本の蒸し暑さやニューヨークのじめじめした夏とは全然違って感じた。美咲はまず内陸地を目指さなければならないと考え、キンシャサ郊外からコンゴ川を上流に上る船に乗ることにした。街の中は何処を見てもネイティブのコンゴ人ばかりだった。日本人は誰一人歩いてはいなかった。道を歩いていると皆美咲の方を見た。美咲も歩いていると常に視線を感じた。歩いているとここキンシャサにも独特の匂いがする。水の匂いと山が呼吸でもしているような息吹が熱い風と共に感じた。美咲は五感を研ぎ澄ませた。今までの旅で自分にも卓越した能力が身に付いたことを実感した。

　頭上に何か気配を感じ見上げた。白い靄みたいなものが見えた。

「貴方は誰？」美咲は声を掛けた。

「私は火の精霊です」

「精霊さん？」美咲は少し意外な表情を見せた。

「はい、名前をギギと言います。日本から貴女について来ました。ずっとついて来たのですが分かりましたか？」

知らなかった、と美咲は答えた。

「そうですか、それはそれで構いません。私は本来英良様に仕える者ですが美咲様がカオスとの対峙で一緒に戦ったことは知らないと思います。その後の美咲様の生命の旅に力になれるようついて来ました。

今までも美咲様の周りに近づく闇を淘汰してきました。特にストックホルムでは古代の闇が美咲様の周りを取り囲んでいましたが私が近づかないようにしていましたがご存じのように犠牲が出てしまったことは痛恨の極み。これからは判断を誤らないようにお守りいたします。それでこれからは私にできることを行います。まずは美咲様に近づいてくる闇の力を防ぐのとこれから進むべき最善の方法をお示しします。今まで魂の者と行ってきたのと同じように」

「魂の者？　先言さんのこと？」

「そう呼んでいるのですね？」ギギはそう言うと「北欧を巡っていた時は古代の禍々しい闇の壁に囲まれていましたね？　私も原因が分からずなるべく刺激しないようにしていました。それに黒い翼を持った大闇も。この力は闇導師でしょう。我々の動きを掴んでいる闇ですので気を付けてください。それはさておき、この後ですが川を上り奥地へ行く予定ですね？」

「そうよ」美咲は答えた。

「それでいいのですが、その先には古代の遺跡があり、また原住民がいるので十分注意してもらいたいのです。古代の遺跡には手掛かりになるものがあるでしょう。そのことですが」ギギの話は一度途切れた。

「何かあるの？」美咲は訊ねた。

「何を求めに行くのか分かっていますか？」

「えっ？　神器の事？」

「それもあります。しかし突然神器を取りに行くことにはなりません。それは知っていますか？」

「まずは手掛かりを見つけに行くということでしょう？」

「そうです。美咲様はやはり聡明な方ですね。手掛かりです。その手掛かりとなる人がこの先にいるということをお伝えしなければいけません」

美咲とギギは何も言わずに暫く沈黙した。

「これから先は全てが未経験の地。見るもの耳にするもの。五感で感じる全てが未知なるものといっていいかもしれない。コンゴ川を上流に行くことはいいですね？」ギギは聞いた。

美咲は軽く頷いた。

「その後です。山奥を進むと誰も立ち入ったことがない未踏の場所に辿り着きます。おそらく数千年かそれ以上の前に建立された古代の遺跡を見るでしょう。まさに古代文明の足跡を目の当たりにするでしょう。そこにこの後の手掛かりがありそうです。しかし、闇の手が迫っていることも確かですので用心が必要です」

「遺跡を目指せばいいってことね？　その遺跡に神器があるの？」

「いえ、神器はそう容易く手に入りません。最終的な目的地はまだまだ先。今の状態はただの入り口程度としか言えません。神器の領域に立ち入ることが人間には不可能な事ですから。遺跡の地は何かの力によって運命的に引き寄せられる場所といっていいでしょう。何か他の力によってです。美咲様には運命のレールがあり、その上に乗って走っているのです。行き着く今回の場所、それもほんの運命の欠片といえます。そこでは何かの糸口くらいは掴めると思います」

「分かったわ、ギギ。まずは川を上りましょう」

「はい、この奥地はまだまだ未開の地となっていますので、闇の手以外にも細心の注意を」

美咲は頷いた。

「それと、これから行く先には僅かながらの光を感じるのです。多分、人間の持つ力かと。その者に会うことで何か分かるかもしれません。私の感じるところでは、その人間は老人でしょう。歳の割には光の強さは大きく感じるのです」

「ご老人？」

「はい。しかし、今のところ私はただ光を感じるのみ。光を持っていますので我等を阻むことにはならないと思います」ギギはそう言うと「魂の者は今、この後の起こり得る光と闇の全ての動きを読み込んでいます。何か言ってくるでしょう。待っていてください」ギギとの会話はここで途切れた。

美咲はキンシャサから船に乗り、上流を目指して七百キロ先の都市イレボまで行くことにした。二段ベッドが付いている二等船室を取り、美咲は水上を吹く風を顔に感じながら船が大河を遡上する魚のように進んで行く先を見ていた。暫く遡ると川の両岸はうっそうとした森林地帯となって来た。見たこともない野鳥が船上を飛び交っている。


船が川面を進むと水面に波が立ち両岸へ打ち寄せた。多くの人間と軍艦のような巨大な物の異様な気配に岸に密生した木立の先が静かに騒いだ。川の中を覗くと数匹の魚の影が揺らめいていた。美咲は乗り物酔いをしないほうだ。むしろ眠気を感じようとする。この時も軽い眠気を感じると先言が語り掛けてきた。

「美咲に告ぐ。このまま進むといい。先読みによるとこの先は大きな闇の気配は感じない。歩みを止めることなく目的の地へ行くのだ。船を降りた後に光を持つ者と遭遇するだろう。その者の姿を捉えることができた。名をアダムスという。神器に繋がりし情報を持った者だ。その者を頼るといいだろう」

「アダムス？　神器の情報ということは研究者か何かということね？」

「そのとおりだ。アダムスは長年に亘り神器に繋がりのあるものを研究している。それは神器についてではない」

「繋がりのあるもの？」

「そうだ。もちろんアダムスは直接、神器のことは知らないであろう。神器の存在は我等しか知りえない情報だ。そして、ここへ来て大きな光の渦を感じる」

「光？　アダムス博士の他に光を？」

「そうだ。その光は神器を幾重にも取り巻いている。光の正体は実体のあるものかないものか？　それが今の状態では見えてこない。先読みの力ではまだ見通せない」

「最初にアダムス博士に会いましょう。それから先のことを判断しましょう」

「そうだな。アダムスに会い情報を集め、この先に存在する複合した手掛かりを解き明かすことだ。手掛かりはどうやら複雑に絡み繋がっているようだ」

「はい。まずは一つずつ当たっていきます」

　船はゆっくりと悠久の大河を遡って行った。船の動きは水面に時を刻み両側に打ち寄せられた水の波形は川の中へ溶け込んでいった。美咲は仮眠をとり休憩した。どれくらい時間が経っただろうか、周りに喧噪を感じ目覚めた。どうやらイレボに着いたらしい。美咲はリュックサックを背負い岸へ降り立ち街中へ入って行った。奥地を目指すには陸路でルブンバシへ行かなければならない。美咲はバスで一日半かけて移動した。ルブンバシは大都市という印象があり人口は札幌ほどで宿はすぐに見つかりチェックインできた。時刻は既に午後六時を過ぎていた。美咲は近くのレストランへ入り軽く夕食を取り食後はワインを飲み宿へ戻り一階のこぢんまりしたロビーで市内の地図を見ていた。すると隣に一人の老人が座り美咲に声を掛けた。

「お嬢さん、何かお探しですかな?」その老人は英語で美咲に話し掛けてきた。

「ええ」

「何かわしにお手伝いできることがありましたら、言ってくだされ?」

「失礼ですがお名前を伺ってよろしいでしょうか?」美咲はもしかしたら、と思い訊ねた。

「わしはアダムスといいます」

少しの沈黙が続いた。

「失礼ですが貴方がアダムス博士?」美咲の予感は当たっていた。

アダムスは頷き微笑んだ。

美咲とアダムスは暫く会話をした。彼はここから車で二時間奥地へ入ったところに住んでいて今日は必要な食料と生活物資を買い出しに来ていたらしい。今夜はこの宿に泊まり明日の朝に帰ると話していた。美咲に話しかけて来たのは全くの偶然と言っていた。美咲は神器のことは詳しく話さずにこの地で何かを研究している専門家を探しているとだけ話した。それがアダムス博士らしいということを伝えた。

「何かお役に立てるかもしれませんな？」博士は屈託のない笑顔を見せた。「それじゃ、明日わしと一緒に来ませんかな？　何もありませんが、あんた一人くらいはおもてなしをできますから」博士は人懐っこい顔で微笑んだ。

ありがとう、と美咲は答えた。

「明日は早いですぞ。朝の六時ころには出られますかな？」

はい、と美咲は答えた。

翌朝の午前五時半に博士は一階のロビーの長椅子に腰かけていた。美咲は待たせてはいけないと思い来たはずが、博士は既に待っていた。

「おはようございます博士。ごめんなさい、待たせたようで」

「いやいや、気になさらんでくださらんか。どうも歳をとると朝が早くなるようじゃ」博士は独特の自然な笑顔を美咲に見せた。

「もう出られそうですかな？」

「はい、私は大丈夫です」美咲はリュックサックを右肩に掛けながら答えた。

二人は正面入り口を出て宿の横を抜け裏の駐車場へ歩いて出た。宿の手前に博士の日本製４ＷＤが停まっていた。

「やっぱりこれが一番なんです」博士は日本車が良いことを暗に伝えた。

美咲は助手席に座ると見たこともない動物のキーホルダーがエアコンの吹き出し口のベンチレーターに掛けられていた。

「これは動物か何かですか？」美咲は初めて見たものを不思議に思い聞いた。

「ああ、これはモケーレ・ムベンベといって伝説上の生き物ですじゃ」

「モケーレ・ムベンベ？」

「そう、わしはこいつをもう何年も研究し追い求めているんですじゃ」

「ＵＭＡですか？」

「そう、あんたはとても賢くて頭が良い人じゃのう？」博士は苦笑いした。「しかしじゃ、わしはこいつをＵＭＡだとは思っとらんです。というのもわしはこいつをかつて見たからです。見たというよりは会ったことがある、と言った方がいい」博士は前を見て確信して言った。その顔にはあの人懐っこい茶目っ気な雰囲気は既に消えていた。

山中を走る車内は揺れた。舗装もしておらず所々に水の流れで削られて溝ができそこを通るたびに身体が上下するほどだった。いくら四輪駆動とはいえ車輪がはまると動けなくなることがあるので博士はその溝を通る時は最徐行し斜めに通り抜けた。博士のステアリング捌きは慣れたもので熟練したドライバーのようだ。しばらく走ると古木が倒れて道を塞いでいた。博士は美咲に乗っているように言うと、自分は降りて行き古木を持ち上げて道のわきにどけた。戻って来た博士は良くこのようなことが起きるとのことで激しい雨が続くと先ほどの溝や古木が雨の流れに乗って道を塞ぐことがあり車が通れなくなるようだ。そんな時はよくあり、博士は二十日間缶詰状態になり自宅から出られなかったことがあると言っていた。それで最低でも食料を一か月分補給して保存しておく状態が日常化しているようだ。最もそう頻繁に町へは出られず博士も自分は人間嫌いだと軽くジョークをとばして話していた。美咲は後部座席の後ろにぎっしりと大量に積まれた物を見ながら話しに聞き入っていた。

周りは木や草に囲まれて同じ景色ばかり続いた。二時間半走り緩い上り坂を過ぎ右へカーブして開けた場所に辿り着くと突然木造の山小屋が見えて来た。「着きましたな、今日は意外と早かった」博士は大事な賓客を招き入れるように車を正面入り口の右の駐車用スペースに停めた。博士の自宅はしゃれた洋風のコテージといった雰囲気で駐車用スペースの反対側にはキャンプで使うようなバーベキュー用の木製のテーブルとベンチが向かい合わせに置かれていた。色は全て白で統一されていた。その隣には番犬のシェパードがいて博士が帰って来たのを見ると勢いよく出てきて吠えていた。「愛犬のマークですよ」博士はマークを撫でながら言った。

博士はドアの鍵を開けると美咲を中へ入れた。室内は生活感があり山の中で一人暮らししているような寂寥感はなかった。博士は美咲を長椅子に座るように促し冷蔵庫から冷えた缶コーヒーを出した。博士は荷物を降ろすから少し待って座っているように美咲へ伝えると外へ出て作業を始めた。マークの吠える声が聞こえた。飼い主を迎える声だった。

二十分ほどで荷物を運ぶ作業を終え博士は戻って来た。博士は台所へ行き手を洗うと冷蔵庫から冷えたビールを取り出し飲んだ。

「冷蔵庫があるんですね？」美咲が聞いた。

「一応必要なものはこの他にもおいてあるんじゃ。電気は通っておらんが自家発電機はあってそれでなんとか人並みの生活をしておるんじゃ」

博士は買って来た大量の食材を手際よく冷蔵庫や居間の横にある納戸に収納し始めた。台所にはミネラルウォーターのボトルが多く置かれていた。その中には塩素が入ったボトルも混じっていた。荷物の整理が一とおり終わると博士はコーヒーを淹れ始めた。

「こうやって水をろ過するんですじゃ。ここにいると不便なこともあまり気にせずに住める。全てが慣れというものですな」塩素とコーヒーフィルターを取り出しキャップに少し塩素を入れそれを山から汲んできた水に入れた。

「こうすると飲み水になる」博士はその水を沸騰させた。美咲はその一部始終を見ていた。博士の行動は理科室で何かの実験をしているような仕草に見えた。

「どうぞ、飲んでみてくださいな」博士は淹れたてのコーヒーを美咲へ出した。「塩素の臭みはとんでいるはずじゃ。美味いでしょう?」

美咲は一口飲んでみた。日本で飲んでいたコーヒーと何も変わりはない。何も臭いはしなかった。

「おいしいです」美咲はすぐに答えると博士は満足げに微笑み頷いた。

二人は暫く何も喋らずにコーヒーを飲んでいた。


「ところで、モケーレ・ムベンベの話は途中でしたな? 続きを聞いてくださるかな?」

博士はコーヒーカップをソーサの上にのせた。カチッと音がした。外は熱帯の森林に囲まれて博士と美咲の暫くの静寂は自然の空気の中に溶け込んでいった。

「奴を始めて見たのは今から三十八年前のこと。見たというよりは会ったといった方がいいかも分からん。不思議な体験じゃった」博士は斜め上に視線を向けると何処か遠くを見つめるような視線で語り始めた。

「わしがいつもの通り山奥を歩いていた。うっそうとした山道を。四、五時間歩いた時だった。突然開けた場所に出た。そこは雨季で大きな沼地になった場所だったのじゃろう。周りは昼間なのに薄暗くその不気味な気配がその沼を支配しておった」博士はコーヒーカップに手を伸ばし一口すすった。

「わしはあまりの不気味さに後ずさりし始めた。何歩か後ろへ下がった時じゃ、水面が波打ってきたんじゃ。最初は小さな波紋が広がりわしのところからそう五十メートル先といったところに奴が現れたのじゃ」博士はそこで話をやめ台所へ行くとコーヒーが入ったドリッパーを持ってきた。博士は最初に美咲のカップに注ぎ足し自分にも注ぎ足した。

「わしは動けなくなった。その時の精神状態は恐怖感や好奇心といったものではなかった。何かに身体中の力を抜かれたような状態だった」

「その時、博士はモケーレ・ムベンベを見たんですか？　いや、会ったのですね？」

博士はコーヒーカップを右手で持ちソーサを左手に持ちその時の光景を浮かべながら視線は虚空を見ているようだった。

「そう、確かにムベンベだった。あんたは奴がどのようなものか知っておるか？」

美咲は知らない、と首を横に振った。

「奴は光っていた。信じられない事だと言われるだろうが、光を放っていた」

その時、窓に何かが当たって来たような音が聞こえた。大きな蝶か小さな鳥でも当たったような音だった。博士の話に聞き入ってきたのか、または話を遮ろうとするかのようだった。博士は窓の方を条件反射で見た。

「よくあることじゃ。蝶の一種だ。ここではまだ発見されていない新種の蝶がいるかも分からん」博士は外を見ながらそう話した。

「ところでじゃ、奴の大きさはどのくらいか想像ができるか？」

「かなり大きいと思います。十メートルとか」

「いや、そんなに大きくはないんじゃや。その半分くらいせいぜい五メートルほどなんじゃ」博士は手に持っていたコーヒーカップとソーサをテーブルに置いた。

「奴の性格はというと穏やかで攻撃性は皆無といったところ。その時も奴はわしをただ見ていた。見抜かれた、といった方がいいじゃろう」

「見抜かれた？」美咲は聞き返した。

「そう、見抜かれたんじゃ。奴は誰かを待っておったのじゃろう。ところが待ち人来る、と思ったところ違う人間が来たと。信じてもらえんじゃろうが、わしは奴と話ができたんじゃ。会話というより奴のいうことが直接わしの脳内へ入って来た、とそうゆうように。奴の話によるとわしは奴の待っていた本当の人間ではないと。わしは光を持っているが神器を渡すのは違う人間だと言ったんじゃ。その時の奴は穏やかで温かみを感じる奴じゃったのう。体験したものにしか分からん。これが神の使いというやつなのかのう」博士は苦笑いを浮かべた。

「伝説にこうあるんじゃ。ムベンベは神の使いで神から選ばれた人間へ手渡す神器を守っているると。要するに守り神ということじゃな。ここまでは分かりますかな？」

分かる、と美咲は答えた。

「最も伝説というか、ここ現地の言い伝えということじゃが。科学的根拠が全くない。その科学的根拠がないことをわしは体験しておる、ということもおかしな話じゃが」博士は屈託のない笑顔を浮かべた。

「話の続きじゃが、奴はわしを待ち人ではないと言ったが、四十年近く経った今まさにその日が来たとわしは確信をもったのじゃ。分かるかな？」

分からない、と美咲は答えた。

「あんたのことじゃ。分かるかな？」

美咲は黙って博士の顔を見つめていた。

「奴はあんたのことを待っておる。神から預かりし神器をあんたに渡すためにここにおったということじゃ」博士はテーブルに置いたコーヒーカップを持った。

「話は分かるかな？」

美咲は黙っていた。

「わしは町であんたを見た時、すぐに分かったんじゃ。これはまさに運命だと」

暫く沈黙が続いた。二人の距離感は近かったが静寂さが距離を遠ざけた。耳を澄ますと発電機が作動している小さな振動音が聞こえた。

「最初からこうなる運命だったのかも分からんのう」博士はコーヒーを一口飲んだ。「あんたからは何かを感じた。わしがあんたに引き寄せられたのかも分からん。それは神のみぞ知るかのう」博士は膝の上で両手を組んだ。

「宿であんたがわしのことを探していると聞いた時にムベンベを探しているということが分かったんじゃ。それは単なる糸口。その先にある大きな目的があることもおおかたさっしはついた」博士は左の掌を顎の下へ添えた。

「ところであんたの他にも日本から奴を探索に来た研究者がいたな。多分どこかの大学の研究チームじゃろう。日本人はよく働き正確な仕事をする。そんな彼らをわしは感心して見ておった。しかしじゃ、一か月足らずで彼らは突然キャンプ地を引き払いいなくなってしまったんじゃ。全く理解ができなかった。きれいに跡形も残さずにいなくなった。日本人らしいというか礼儀正しい国民ということが確かに分かるもんじゃな。おそらくは資金的な問題じゃろう。訳も分からん未知の生物の探索のために金は出せん、とそういうことじゃろう。上の連中は子供の道楽か趣味のレベルとしか考えておらんのじゃろう。成果主義ということで実りのない仕事はするなと、そういうことじゃな」博士は両手を頭の後ろで組んでいたが、長話をしたというように体勢を元に戻した。

「わしは道楽だとは思ってはおらん。これは研究じゃ。もう四十年以上続けているわしが言うのだから間違いはない」博士は持論を言ったことに気が付き黙った。

「これからどうやればモケーレ・ムベンベを見つけることができるのでしょうか？」美咲は聞いた。

「そうじゃった。そのことを話さなければいかん。まずは奴が潜んでいる沼地を目指さなければならん。今までの経験から言うとここからさらに奥に入った山奥に沼があるんじゃが、そこまで行くには難しい」

「辿り着けないかもしれないと？」

「それも含めて難しい問題がある」

博士は上体を伸ばし椅子に深く座りなおした。

「この先には土着の原住民族がおる。それにマラリアやエボラなどの病気にかかったら大変なことになる。それを全て克服しても奴を見つけ出せる保証はどこにもない。こんなことを言ったら身もふたもないが、しかしじゃ、あんたには可能性を感じるのじゃ。まあよかろう。つまらん無駄話はさておき、あんたは奴を見つけ出し神器を勝ち取らなければならん。躊躇してもらちが明かん。分かった、あんたを応援しよう」

博士はとりとめのない話を続けた。その話にはどこか人を惹きつける力があった。自分の研究を自慢するわけでもなく自分を非難する周りの人を悪く言ったりもしなかった。自分を正当な人間だとも一言も言わずモケーレ・ムベンベの研究に没頭している一人の科学者の姿がそこにあった。博士は遥か遠くを見るような視線を窓に向けて美咲に話した。

「奴は確かにいる。人はわしのことを頭のイカれたおかしな奴というかもしれん。わしは何を言われようとこれだけは譲れんのじゃ。世間ではよく未確認生物と言っておるが奴はそんなんじゃない。ただ身を隠しているだけじゃ。その個体数が少ないことも発見されない理由かもしれん」博士はコーヒーをすすめたが美咲は断った。

「さっきも言ったが奴は人と会話ができる。会話と言っても意志疎通の手段を持っているのじゃ。奴とわしが会った時、奴の言うことがわしに伝わってきたことは話した通り。心の中が見えるというのか一種のテレパシーのようなものじゃな。我々には五感があるがその他にも感覚があるようにそういう力、特化された能力を持つ人間は世界中に多くいる。そうあんたのようにな」博士は美咲の顔を見て微笑んだ。

「奴はわしのことを敵だとは思わなかった。むしろ待ち人ではないにしろ迎え入れる人間と思ったのじゃろう。それをわしは本能的に感じたんじゃ。こういうことを話すと大概の奴は頭がおかしいと言うじゃろう？　この時わしも奴の心の内が読めたんじゃ。唯一、奴と意志疎通ができた瞬間だったわけじゃ。心の波動が伝わりそれが同じ波紋となり重なり合うとお互い考えていることが分かる。当然じゃな？　その時はお互いの意志を共有したわけだからのう。奴がそこにいて光を放ち同じ光ある人間を待ち続け、さらに何か重大なものを持ちそれを渡さんとする意志をわしは感じたんじゃ。しかし、この時はわしではなかったわけじゃな」博士は照れ笑いを浮かべた。その顔には少年のように純真さを感じた。

「奴にしてみれば千載一遇だったからのう。まさに暗闇に一筋の光が射し込んできたと。しかし少し違った。光を持っているがあるものを持っていないということじゃ。分かるかな？」

分からない、と美咲は答えた。

「分からんか？　それはあんたの持つ意志の事じゃよ。分からんか？　奴はまさにどんな意志を持っているのか見通すのじゃ。わしやあんたのように。分かるじゃろう？　要するに使命じゃな。生まれながらに背負っている、いや、あんたの場合は背負わされていると言ったほうがいいかもしれん。もう分かったじゃろう？」

博士は話を収めた。天井に付けているシーリングファンがゆっくり回っていた。耳を澄ますと回っている数枚のファンが空気を切っている音が聞こえる。空気が規則的に部屋の中を循環しているようだ。博士との僅か数秒の沈黙が長く感じた。博士は視線を下へ向けて美咲へ話した。

「同じものを持つ者、それは互いに呼び合う。お互いに不規則な動きをしていても同じ場所に行き着くということじゃな。不規則ではなく一見規則性のない行動のように見えるが、ある種の法則と言った方がいいかも分からん。その法則の中で物事は動いておる。物の動きは一つの線で表される。そしてそれは数式で導かれる。グラフに書かれている線を方程式で表しているじゃろう？　物の動きもその線なんじゃ。自然界の事象は数学で殆どが解明できるもんじゃ。そこから導き出した奴と出会う確率はかなり低いと言えるじゃろう。多分二パーセントか三パーセントくらいなもんじゃ。そんな数字的な確率にあんたは当てはまる。なかなか高い数字じゃろう？」博士は真顔で力説していた。そんな少年のような一挙一動を見ていると美咲は自然と笑顔になった。

「笑い事ではないぞ。物事は収束に向かっておる。分かっておると思うが、あんたの手でこのことに終止符を打つのじゃ。見ている連中はあんたやわしのことを頭がおかしいと言うかも分からんが、そんなことはどうでもいいことじゃ。一度乗った船が動き目的地に着くまでは運命の航路だと思って進むしかない。今あんたはその一つの目標を達成しようとしておる。もう分かっておるな？　運命の光の紐の端がこの先に見えて来るじゃろう。それを手繰り寄せ奴に会い神器を勝ち取るのじゃ。心の迷いや疑念を取り払い自分を信じて行きなされ。わしも四十年以上奴と付き合っているが、どうやらあんたを待つことが運命のようじゃったな」

　はい、と美咲は頷いた。

「強い力を感じるのじゃ。あんたが来た時から。生命が持つ太い息吹のようなものを。木や草や水、それらは全て生きておる。その中から溢れて来る何か大きな生命の力を感じるのじゃ。これは年寄りの空言ではないぞ。確かに感じるのじゃ。あんたの光に呼応して奴が反応しておるのじゃ。少し休んで奴を探しに行くといいじゃろう。今日はわしがあんたをもてなそう。客人が来たのはもう何年もない。これからも多分ないじゃろう。わしもそうそろそろお迎えが来てもおかしくはないしのう」そう言って博士は屈託なく笑った。


　博士は夕食にと美咲を賓客のようにもてなした。ステーキを焼き自家製のソースで野菜サラダを作ってふるまってくれた。米を食べたいじゃろう？　と言って博士は白米を持ってきてピラフを作ってくれた。夕食をとりながら博士はここでの生活について詳しく話してくれた。ここに最初に来たのは博士を含めて五人だったらしい。当時五十代の大工と夫婦の研究者、それにロシア人の研究者だったらしい。この家は五十代の大工が全て建て一か月ほどで住めるようにしてくれたのだが、完成すると突然いなくなってしまい姿を見せなくなったらしい。夫婦の研究者も三か月ほど博士らと研究をしていたが、ある日町へ買い出しに行くと言って外出したきり戻ってこなかった。残された友人のロシア人の研究者はその後原因不明の熱病にかかり亡くなったと博士は説明してくれた。

博士は何も感傷的な様子は見せず夕食を食べていた。時々、美咲のグラスへワインを注ぎ足して話していた。生活に不自由はなくトイレはおがくずを活用しバイオトイレにしており雨水を利用してトイレシャワーを使いドライヤーで乾かしてトイレットペーパーはなるべく使わないようにしていた。電気は初めのうちなかったが、不便なことから発電機を後付けで取り付けたらしい。なんとか現代的な生活は維持していると笑っていた。飲み水はミネラルウォーターを買い出しに出た時に蓄えて保存しておき洗い物は湧き水で洗い塩素で消毒していた。久しぶりに会食した博士は饒舌になりワイン一本をほぼ一人で飲んでしまった。博士は元々孤独は嫌いではなくむしろ人混みを嫌いこの地に落ち着いたのかもしれないと、自分で振り返っていた。お金はどうしているのか訊ねたところ、親が残してくれた遺産がありそれで生活していると博士は言い、それ以上話したがらず美咲も深く聞かなかった。

美咲はシャワーを借りて昼間の汗を流した。二階が客間になっていて四畳半ほどの洋間に右側の壁にベッドが備えられ左側の壁に事務用の机が置かれていた。美咲は服を事務用の椅子の背もたれに無造作に脱ぎ捨て博士から借りた寝巻を着た。ベッドは思いのほか柔らかくタオルケットが掛けられていた。美咲はベッドにもぐりこみ天井を見ると居間のものより小ぶりのシーリングファンが回っていた。部屋の灯を消すと周りは漆黒の暗闇だけになった。シーリングファンが回り部屋の空気が攪拌《かくはん》される音が微かに聞こえてきた。美咲は疲れから深い眠りに就いた。

翌朝、博士は先に起きていて軽く何か食べたほうがいい、と言って簡単な朝食を作ってくれた。二人は朝食を済ませると出発の準備にとりかかった。博士の話によると目指す場所は森林地帯のさらに奥にあるテレ湖とのことだった。孤立した湖。どうやらボア村というところの聖地として崇められているらしい。テレ湖に辿り着くためにはその村の許可が必要だと博士は言っていた。博士は元々明るい性格でメンタルは強い人だったがこのことを話すときには表情が曇ったように美咲は感じた。博士は食料とは別に研究のための機材を大きめのリュックサックにつめ込んだ。美咲は食料を入れたリュックサックと折り畳み式のテントを担いだ。無駄は省き荷物は必要最小限にとどめることにした。

距離にして十キロのところにボア村があるので今日はそこまで目標として行くことにした。途中休憩をとりながら歩き四時間ほどで村の近くまで辿り着くことができた。博士は荷をほどき村へ行き長《おさ》と交渉をしてくると言い一人で歩いて行った。美咲は黙って博士の後ろ姿が木の枝に遮られ森林の陰に吸い込まれていくまでずっと見ていた。美咲はその姿を見ていると僅かに嫌な予感を覚えた。再びここへ無事に帰ってきて欲しいと。

博士はそんな美咲の心配をよそに三十分ほどで戻って来た。長をはじめ村人とは意外とすんなり交渉できたらしくこの場を通しテレ湖へ行くことを許可してくれるとのことだった。博士は上手くいきすぎなので気味が悪いと独特な笑顔を見せた。二人が荷物を担いで村を横切ろうとした時、村人は横に並んでいた。数にすると四十人くらいが立っていた。二人の行く手を阻むように見えた。「まさか？」と博士は驚いた。不穏な空気が漂っていた。博士の驚きは現実のものとなり二人は村人たちに捕らえられた。

二人は小屋の中へ捕縛され閉じ込められた。博士は沈黙したまま何も喋らなかった。理解できないと、それだけ言った。交渉した後に何かが変わったのだろうと。神聖な場所に行くことは許せない行為だから。それから二人は沈黙した。美咲は立ち上がり戸の隙間から外を見た。村人は集まり何かの儀式を行おうとしているのが見えた。動物らしいものを二人がかりで運んでくるのが分かる。どうやら生肉のようだ。薪を積み火をつけ焼くような仕草をしていた。奥の方には玉座が置かれていた。その周辺にも獣の肉や果物を集めていた。博士の表情から当然二人の歓迎ではないことは美咲にもすぐに分かった。

外では村人が儀式の準備を行っている。闇の脅威がここまで来たら犠牲者が出るかも分からない。しかし今の自分には何もできない。私と博士が闇の犠牲になるのは仕方がない。それに村人たちを巻き込んでしまうかも分からない。多分そうなるだろう。何も知らない村人たちは何も知らないままに命を絶ってしまう。美咲はどうしてよいのか自分の運命を厭忌《えんき》した。

「ギギです。魂の者と話をしましたがあと一時間ほどでここは闇の力で覆われるでしょう。私もその力をなるべく淘汰しますが、村人たちに多くの犠牲者がでることは承知のことかと思われますが美咲様は博士を守ってください。できる限り被害を最小限に食い止めましょう。必ず結果は出ます。お気持ちは十分に分かりますがここは冷静な判断でことにあたるのが肝要かと思われます」

そうだったわね、と美咲は呟いた。そこには憔悴しきった自分の顔があることも分かっていた。

禍々しい闇は間もなく襲ってきた。全てを奪いつくす黒い塊が村全体を覆ってきた。村人がばたばたと静かに倒れていく。黒い霞のようなものは音もなく通り過ぎて行った。残されたものは倒れた住民と何かの儀式の残骸だけとなった。犠牲は大きかった。博士は何が起きたのか理解できずにただ狼狽するばかりだった。二人はお互いに縄を解いた。美咲は博士の手をとり、行きましょう、とだけ言った。

「美咲に告ぐ。闇の脅威は過ぎ去った。全てを奪いつくす忌々たる惨状だ。許されざることが起きてしまった。これからは前を向くしかない。まずは最初の目的地まで急ぐのだ。古代の遺跡はこの後すぐに分かるだろう。起きたことは振り返らずに前だけ見て行くのだ」先言は美咲に言った。

博士は少しばかりの食料と野営するテントを探し出した。機材は見つからなかったようだ。二人は一心不乱に歩き一言も口を利かなかった。道は村人が通っていたため歩きやすかった。十分くらい歩くとうっそうとした森林地帯から大きな石造りの建物が現れた。

「ここじゃ」博士は短く言う。

今までの獣道から急に石畳の通路に足を踏み入れるとそこは異空間のようだった。時間が止まったように全てが冷凍保存されているようだ。空気はひんやりしている。誰かがいるような気配は感じられない。時々野鳥の鳴き声が遠くから聞こえて来た。美咲はここの空気は我々二人を拒絶していないようだと感じた。少し歩くと通路の両側に門のようなものが建っていた。門というよりは石柱という感じだった。そこを通り抜けると大きな祭壇のような建物に辿り着いた。石段を十段ほど上がると石碑がある。それには古代文字で何かが書かれていた。

「あんたもよく頑張った。かなり疲れただろう？　今日はここで野営しよう。食料も少しはある」博士はそう言うとテントを手際よく整えた。質素な夕食をすませ美咲は歯を磨きテントに入ると博士は寝息を立てていた。美咲は一日とは思えないぐらいたくさんの出来事があった長い一日を振り返るとすぐ深い眠りに就いた。

早朝、博士と美咲は遺跡を抜けると道らしいものはなくぬかるんだ湿地帯に出た。思うように進まない。少し開けた場所に着くと水面が見えた。

「着いた」博士は静かに呟いた。テレ湖だった。

「どうやら奴の気配を感じる。わしには分かる。必ず傍に奴はおる」博士は静かに確信して言った。

その時、美咲は博士の言葉とは反対に嫌な予感がした。息苦しい不穏な空気を感じる。美咲は全てを飲み込む何か禍々しい闇の気配を感じた。そしてそれは予感ではなく実際に眼の前に現れた。その不穏なものはサーカスの火の輪くぐりに出てくるような輪に黒い幕のようなものを纏い全体がほやけて見え息をしているように黒い煤《すす》を吐き出していた。美咲はその闇から圧迫感と力の強度を感じた。最後に大きな壁にぶつかり気持ちが折れかかったようだった。その時に突然、光の人柱が五体、美咲の前に現れそれが囮《おとり》となって美咲を守り、最初は闇に押されていたのが大きく煌めくと凄まじい力で闇を取り囲みその力に長い時間をかけて闇の魂は淘汰されていった。一体、何が起こったのだろう。美咲は大きな虚脱感に襲われその場に座り込んだ。それは美咲の力の他に何かの大きな力が作用したように博士は感じた。その瞬間、湖の水面から空に向かい眩い光が煌めいた。

「ムベンベだ」博士は叫んだ。

湖面から現れたムベンベは語り掛けた。

「あなたが光を辿りこの地へと来た聖なる人ですか。あなたを待っていました。さあ、これを持っていきなさい」

「私を待っていたと？」

「そうです。全ては運命のもと成されること。数千年の間この神器はふさわしい者を待っていたのです。ここへ辿り着こうとも邪心を持つ者はこの神器を勝ち取ることはできません。神器はふさわしい者を選ぶのです。全ては定めにより決まるもの。今、神器はあなたを選びました」

自然林の中に青い水をたたえたテレ湖の水面は全てを吸い込むように静かに納まり、時間が止まったような静寂さを感じた。

「今、神器は光を帯びています。これが何よりの証拠です。あなたの光に応えています。時を超えてこの時がやってきたようです。さあ、これを持っていきなさい。あなたも神器に応えなさい」

はい、と美咲は答えた。

「アフリカには闇の壁が幾重と連なりあなたの前を塞いでいます。神器があなたの手に入ることを忌み嫌っています。一つの神器を勝ち取ることは容易な事ではありません。それを成し遂げようとするあなたを闇の手が阻もうとしています。まだまだ先は続きます。自らの運命を捉えて残りの神器を探しなさい」

神器はピンポン玉のような小さな珠だった。最初は直視できないほど白く光っていたが、今では黄色の光を帯びていた。生き物のように何かを美咲へ訴えているようだ。美咲はその光に吸い込まれるように気を失い倒れた。

モケーレ・ムベンベだ。見たことのない輝きの光を放出してテレ湖が神々しい光を発している。巨大な影。時空を止めるこの力が神器の力か？　闇の加勢ではない事は確かだ。ただし美咲は生命の光が消えかけていた。「私と主《あるじ》で美咲に生命の光を集めよう。光を放ち暫し時空の止まったこの空間で様子を見る」先言は告げ、「闇の群れは神器の力によってか消滅した。美咲は意識を失ったままだが無事命をとりとめている。しかし危険な状態には変わらぬ。ムベンベの巨大な影が私に何かを語り掛けようとしている。意志を捉え主にも伝える。余力あれば美咲に光を」と続けた。

「ムベンベは美咲に神器を託すとの事、古代より闇から神器を守りし神の使い。小さな珠はまるで神器とは想像つかぬ形。しかし先ほど感じ得た時空の歪み。これが四つ揃う時世界に大きな影響を及ぼすのは確かだ。美咲の生命は助かったが目覚めるまで暫し待とう。ムベンベは神器を美咲に託し消え去った」先言はそう言った。

ムベンベが去り水面がいつも通りの静けさを取り戻した。博士は横たわった美咲を介抱していた。大丈夫だ、疲労から気を失っているだけだ、と博士は判断した。美咲は目覚めると横に博士が座り美咲を覗き込んでいる姿がぼんやり見えた。美咲が起き上がるのを見て博士は声をあげて喜んでいた。

博士と美咲は帰途に就いた。来るときは遠く感じた道のりも帰りはすんなりと進んだ。距離は同じだったが短く感じた。博士の自宅へ戻ると疲れと安堵の気持ちから二人とも旅装を解くと倒れ込むように眠りに就いた。


「美咲に告ぐ。この地での神器は見つけることができた。しかし安堵はできない。先へ進まねばならない。スワジランドの光の子の話ではこの先はチェルノブイリとのことだ。この地に二つ目の神器があるようだ。暫し休むといい。チェルノブイリと博士とは何かの光の繋がりを感じる。先読みの力によると三十歳くらいの女性がいるようだ。この後も何か分かれば告げることにする。それまで待つとしよう」と先言は美咲の夢に現れて言った。

美咲は起きた。時計を見ると午後十二時を指していた。昨日寝てから既に十八時間経っていた。いけない寝すぎた、と思い博士の部屋をみると彼はコーヒーを淹れて美咲が目覚めるのを待っていた。美咲はこれからチェルノブイリへ行かなければならないことを博士に話すと彼は詳しいことは何も聞かずにここへ行きなさいと、メモを美咲へ手渡した。それには住所と一人の女性の名前が書かれていた。あらかじめ分かっていたかのようだ。博士はただいつものように微笑み美咲の顔を見ていた。美咲は身支度を整え博士に町まで送ってもらいお礼を言うと博士と抱き合い振り返らずに別れた。

美咲はヨハネスブルグへ向かうことにした。空路でウクライナへ行きそこからチェルノブイリへ入る予定だ。美咲は大事にしまっていた博士からもらったメモを取り出し改めて見た。それにはキエフへ行くように書かれ尋ねる人の名はターニャと博士の筆跡で記してあった。博士から聞いた話では一緒に研究をしていた彼の古い友人で熱病にかかり死んだが、その人の娘ということだった。いつか聞いたあの人の事だと美咲は思い出した。その娘の名をターニャというらしい。

空港へ着き飛行機に乗り込み窓から外を見た。この地は思い出に残る場所になりそうだ。いままでの出来事を思い浮かべると人生のほんの僅かの時間なのに強いノスタルジーを感じた。またいつか大切な人と一緒に訪れたいと思いアフリカをあとにした。

美咲は夢を見た。不可思議というかある意味不気味な夢だった。夢とはいつもそういうもので脈絡はない。美咲は夢に見たことを全く信じてはいなかった。しかしこの時は違った。

アダムス博士が床に臥せていた。顔色も悪い。何かの熱病にでもかかったような様子だった。美咲が声を掛けても返ってこない。ただずっと寝ていた。次の瞬間博士は満面の笑みをたたえ美咲に何かを話していた。話の内容が分からない。博士は背を向けると歩いていった。美咲も博士の後をついていった。どこまでも博士の背中を見ながら歩いていった。しばらく行くと博士は空中に浮きあがり舞い上がると美咲の顔を見下ろした。その顔は博士の顔ではなく不気味な般若の顔のようだった。それは美咲の頭上を回りながら憫笑でもするように美咲を見ていた。博士は遠くへ飛んで行くと後は真っ暗な闇に支配された。どこまでも続く真っ暗な闇だった。息が止まりそうなほど深くて吸い込まれそうな闇だった。美咲はそこで目覚めた。嫌な夢だった。博士が美咲を見下ろして笑っていた。博士ではなく何かが博士の身体を借りて意志を美咲へ伝えているかのように、全く理解できない不可思議な夢だった。飛行機は間もなくキエフに着こうとしていた。シートベルトを着用するランプが点灯した。まもなく着陸態勢に入るとの機内アナウンスが聞こえて来た。美咲は現実の世界へ呼び戻されたがさっき見た夢は脳裏に刻まれてはっきり覚えていた。博士の顔と般若の顔。どう考えても結びつかない。美咲の夢の中に悪意が入り込んできたかのようだ。たかが夢だ、と美咲は早く忘れようとした。しかし懇意にしてくれた博士が般若に変わることがどうしても気になった。

（つづく）

〈著者紹介〉
髙嶋 郷二（たかしま ごうじ）
北海道生まれ。東京経済大学経済学部卒。大学卒業後に公務員生活を経て執筆活動を始める。スピリチュアルな世界を描いた前作の「光と闇の相剋」はシリーズ第一作目。

光《ひかり》と闇《やみ》の相剋《そうこく》
世界《せかい》を巡《めぐ》る生命《せいめい》の旅《たび》——ツインレイと聖女《せいじょ》たち

2024年9月19日　第1刷発行

著　者　　髙嶋郷二
発行人　　久保田貴幸

発行元　　株式会社 幻冬舎メディアコンサルティング
〒151-0051　東京都渋谷区千駄ヶ谷4-9-7
電話　03-5411-6440（編集）

発売元　　株式会社 幻冬舎
〒151-0051　東京都渋谷区千駄ヶ谷4-9-7
電話　03-5411-6222（営業）

印刷・製本　中央精版印刷株式会社
装　丁　　弓田和則

ISBN 978-4-344-69128-5 C0093
幻冬舎メディアコンサルティングＨＰ
https://www.gentosha-mc.com/